MULHERES QUE OS
HOMENS NÃO VEEM

Mulheres que os homens não veem

"James Tiptree Jr."

Alice Bradley Sheldon

tradução

Braulio Tavares

MEIA AZUL

Bas-bleu ("meias azuis", em tradução livre): antiga expressão pejorativa para desdenhar de mulheres escritoras, que ousassem expressar suas ideias e contar suas histórias em um ambiente dominado pelos homens. Com a ***Coleção Meia-azul***, voltada para narrativas de mulheres, a Ímã Editorial quer reconhecer e ampliar a voz dessas desbravadoras.

O ESCRITOR INCOMUM

> Os homens se apropriaram tanto da área
> da experiência humana que, quando você
> escreve sobre motivos universais, assume-se
> que está escrevendo como um homem.
> *James Tiptree Jr.*

O escritor Robert Silverberg escreveu na introdução da coletânea *Warm Worlds and Otherwise* que James Tiptree Jr. era um escritor incomum. Surgindo no cenário da ficção científica norte-americana no final dos anos 1960, Tiptree tinha uma escrita repleta de ação, foguetes, sexo com alienígenas, burocracia espacial e discussões sobre moral intergaláctica. O universo, para ele, era um lugar estranho, quase incompreensível, pelo qual vagamos corajosamente em busca de respostas.

Em sua ficção, James gostava de criar uma sensação de desorientação e alienação graduais, nunca completamente resolvidas à medida que a história atinge seu clímax. Vários de seus enredos são com ou sobre alienígenas, cujos motivos e propósitos são insondáveis para nós. Os intrusos silenciosos de "Mulheres que os homens não veem" são um bom exemplo.

A ficção científica é um clube surpreendentemente pequeno. Se você conhece um, conhece vários autores. Entretanto, Tiptree conseguiu se manter nas sombras por um longo período. Conforme sua reputação de escritor crescia, o mistério sobre sua verdadeira identidade começava a ser questionado. Se frequentava os festivais de *sci-fi*, o fazia sem revelar sua identidade. Fosse uma jogada de relações públicas ou por ser um autor recluso por natureza, Tiptree mantinha sua vida e identidade totalmente privadas, trocando enérgicas cartas com outros escritores, editores, fãs e repórteres por meio de uma caixa postal no estado da Virgínia. Fora isso, nada mais se sabia sobre esse autor tão ousado, que parecia compreender a alma humana e, principalmente, a feminina como outros não conseguiam. As histórias de Tiptree geralmente abordavam questões de gênero — na Terra e em outros mundos —, o que lhe rendeu fama.

E Tiptree se correspondia com muita gente, de Italo Calvino a Tom Wolfe, Philip K. Dick e com Ursula K. Le Guin com quem, por cinco anos, trocou cartas regulares e a quem confessou sua verdadeira identidade, em 1976.

James Tiptree Jr. era em si uma ficção, ainda que baseada em fatos reais. Alice Hastings Bradley (1915–1987), seu nome de nascimento, "Alli" para os íntimos, teve sua verdadeira identidade revelada para o público em 1976, surpreendendo meio mundo de escritores, inclusive o próprio Silverberg. Talvez hoje, com as mídias sociais e com uma câmera em cada esquina e mão, seja mais difícil manter a privacidade do que na época de Tiptree, mas é possível imaginar o burburinho que o evento causou na comunidade, que sempre foi conhecida por ser um clubinho de meninos.

Alice Bradley Sheldon, seu nome de casada, usou o pseudônimo masculino para escrever em uma época em que os autores masculinos podiam esperar mais sucesso no reino da ficção científica. E também poderiam errar sem sofrer com um feroz escrutínio da comunidade. Tendo sido pioneira em tantas áreas, Alice acreditava que a camuflagem de uma persona masculina poderia fazer com que sua ficção fosse apreciada sem levar em conta o gênero de quem a escrevia.

Um nome masculino pareceu-me uma boa camuflagem. Eu sentia que um homem passaria com menos escrutínio. Tive experiências demais em minha vida sendo a primeira mulher em muitas malditas ocupações.

Ex-oficial de inteligência do Exército, ex-analista da CIA e doutora em psicologia experimental, Alice vinha de uma família de intelectuais e artistas, tendo vivenciado o mundo em viagens, livros e arte desde muito cedo. Viajou pela África, estudou na Suíça, recebeu uma educação progressista para a época e durante a Segunda Guerra Mundial trabalhou para a inteligência norte-americana analisando fotos aéreas.

Desgostosa de seu trabalho na agência de inteligência, Alice voltou para a sala de aula e foi um frasco de geleia, da marca Tiptree, que mudaria sua vida, as 51 anos, em 1967.

Tiptree se valeu da ficção científica e seu imenso campo experimental para falar sobre a importância da empatia e explorar o que significa ser humano. Essa empatia e compreensão para suas personagens femininas lhe rendeu a fama de ser profundo conhecedor da alma feminina. Curiosamente, é justamente pela possibilidade da ficção científica falar sobre alienação e diferenças que o torna um campo fértil para tratar da experiência das mulheres. Imaginar o que ainda não podia ser dito foi uma das maiores qualidades da escrita de Alli.

O véu de anonimato dado pela figura de James protegia sua carreira literária dos colegas de trabalho, bem como sua vida pessoal. Casada há muitos anos com o ex-diretor da CIA, Huntington D. Sheldon, poucos eram os afortunados de entrar em sua residência e aqueles que o faziam diziam que Alice tinha uma personalidade magnética, elétrica tal como seus trabalhos, uma pessoa que se fazia ouvir com poucas palavras.

Hoje seu nome está ao lado de nomes gigantes como de Philip K. Dick e Ursula K. Le Guin como um dos escritores de literatura especulativa mais importantes e emocionantes do século 20 nos Estados Unidos.

Comparada a Ernest Hemingway, no sentido de que Hemingway preferia ser simples e direto, Alice teve um final parecido com o do escritor, disparando contra si mesma em 19 de maio de 1987, aos 71 anos. Deixando uma formidável e cada vez mais atual obra escrita, Tiptree continua relevante. Cada vez que um livro escrito por uma mulher tem sua qualidade questionada, devemos lembrar dos elogios rasgados à qualidade "indelevelmente masculina" de sua obra. E de como ela se satisfez por anos em enganar todo mundo.

Lady Sybylla

Escritora de ficção científica.

Blogueira desde 2010 no Momentum Saga.

Aguardando ansiosamente a abdução alienígena.

OUTRAS MULHERES TÊM DE LEVAR ADIANTE A TOADA

Em carta de 1976, a escritora de ficção científica Ursula K. Le Guin comenta como seria encontrar-se com "James Tiptree Jr.", que conheceu ao receber uma carta de fã e com quem travou uma longa amizade por correspondência. Ela o imagina tanto a partir da falsa persona inventada por Alice Sheldon — um elegante porém recluso ex-agente da CIA — quanto pela especulação desvairada dos fãs, que o veem ora como um leproso, ora um fugitivo; um Casanova, um gay enrustido, ou mesmo uma dona de casa que quase matou o marido com um pote de geleia. O mistério era justificado: "James Tiptree Jr." não dava autógrafos, não comparecia a festivais, não mostrava as caras.

Na segunda parte da carta, Ursula aproxima-se da pessoa com quem trocou cartas até tornar-se um "amigo" íntimo. "Tip" ganhara a admiração e simpatia de Ursula e de outras escritoras de ficção científica com quem se correspondia. Elas "o" elogiavam (e se intrigavam) por ser o caso raro de um homem que "se importava realmente" com as causas feministas. Quando tal "companheiro de lutas" literário se revelou (ou melhor, foi desmascarada pelos fãs) uma mulher chamada Alice "Alli" Sheldon, a amizade estremeceu mas logo foi reforçada. Seria a Ursula que Alice confessaria sua depressão e pensamentos suicidas que culminaram na morte trágica dela e de seu marido, em 1987.

Ursula nunca chegaria a se encontrar com Alice.

Carta a Vonda N. McIntyre[1]*, 1977 (trechos)*

"Olá, Tip."

"Ursula, minha rainha Starbear." Tip fez uma reverência, acompanhada de um floreio com a mão, enquanto sorria para mim. "Sente-se, por favor."

Tip — ou o verdadeiro e único James Tiptree Jr., um conhecido recluso e, supostamente, ex-agente da CIA, mas, em minha opinião, a eminência parda da CIA — fez um gesto enfático em direção à cadeira a sua frente, enquanto tagarelava. "Esqueci dos meus modos, Ursula. Bastou vê-la, em pessoa, para meus nervos se descontrolarem. Estou tremendo como fã diante do ídolo porque a grandeza

1 *Vonda, que também trocava cartas com "Tiptree", era escritora de ficção científica, ativista feminista e bióloga.*

está diante dos meus olhos! [...] Mas, céus, onde estão meus modos?"

Estendeu a mão. "James Tiptree Jr., um grande fã do seu trabalho, e a seu dispor. E, por favor, sente-se."

Sacudi sua mão firmemente, "Ursula K. Le Guin." Mas não pude me conter: puxei sua mão, e ele também, para perto de mim para dar-lhe — é claro — um abraço de urso."

[...] Assim que finalmente nos acomodamos nas cadeiras, cuidei de finalmente dar uma boa olhada em Tip, aproveitando a chance de esquadrinhar cada centímetro de seu rosto. Ele se parecia quase exatamente com o que eu tinha imaginado. Meio que um cruzamento de Clint Eastwood e Marlon Brando. Embora fosse ainda bastante bem-apessoado, Tip deve ter feito muito sucesso com as senhoras no seu tempo. Delgado e esguio, vestia-se com camisa social branca e calças da mesma cor, sua jaqueta pendida no espaldar da cadeira, dispensada naquela cálida tarde de outono. Em torno de sua cintura havia uma faixa carmesim desbotada. Foi quase surreal. Tinha que me beliscar para ter certeza de que era real e que eu estava, de fato, tomando café com ele.

Tip curvou-se para acender um cigarro, exalando a fumaça enquanto se recostava em sua cadeira. Seu olhar era penetrante, mas traiçoeiro também, como se isso fosse possível. Fiquei tão distraída por aqueles olhos que bastou olhar para ele para me esquecer do que me dizia.

[...]"Desculpe a pergunta, Tip. Quero dizer: você raramente conversa com alguém, a não ser por correspondência. Você nunca comparece a festivais, nem autografa livros. As pessoas ficam se perguntando, Tip... Até mesmo eu... Eu o conheço e, ao mesmo tempo, não o conheço. Se as pessoas não veem uma pessoa real, física, diante delas, a imaginação vai para o inferno. As pessoas se perguntam se você não seria na verdade um sujeitinho estranho que criou um pseudônimo *cool* para viver uma fantasia. Ou desconfiam que a história da CIA, e de suas viagens pelo mundo[2] na juventude, são só um golpe publicitário, para torná-lo atraente para um público maior. E, pelo que se ouve falar, você pegou lepra nessas suas viagens da infância; é um fugitivo que está aguardando uma operação plástica; está se escondendo de uma ex-mulher que cobra parte dos seus recebimentos de direito autoral — tudo ao mesmo tempo. Céus, ontem mesmo ouvi um rumor de que você é uma dona de casa de meia-idade, assinando com o nome de seu marido que está em coma (por sinal ele está no hospital porque

2 *Alice "Tiptree" Sheldon acompanhou sua mãe, a exploradora e escritora Mary Hastings Bradley, à região do Congo, prestando assistência voluntária. Mais tarde viajaram pela Índia e o resto da Ásia no fim dos anos 1920.*

você atirou nele, durante uma briga, um vidro de geleia), só para ter com o que passar o tempo.

[...]"Tip, para ser honesta, não acredito muito nessa bobajada. Você é você mesmo. E se você fosse algum desses personagens que os jornais comentam, tenho certeza que teria me contado nas suas cartas. Mas eu realmente fico me perguntando. O que realmente me intriga é como é que veio a escrever ficção científica feminista, sendo você um homem? Você tem que admitir que homens assim não existem. Quero dizer, Vonda e eu achamos maravilhoso que haja um homem que se preocupe realmente com a opressão das mulheres — melhor ainda que tal homem escreva ficção científica — mas Joanna[3] está definitivamente convencida de que você é gay. De fato, ela me fez prometer que te perguntaria: 'você é gay, Tip?' Joanna mandou dizer que não tem nada contra, ela só queria mesmo saber. Então... Tip, você é? Não ria, Tip...". Nesse ponto tive que parar a pergunta para me juntar à gargalhada de Tip. "Ela fala sério!"

[...] "Em resposta à sua primeira pergunta: e porque não? Por que não a ficção cientística com uma abordagem feminista? Está querendo dizer que só

3 *Joanna Russ, com quem "Tiptree" também se correspondia, era escritora de ficção cientista e feminista.*

porque sou um homem, não tenho que me importar com essas questões?"

"Ah, não, Tip. É bem ao contrário. É tão raro encontrar um homem que se preocupe de verdade conosco, com as mulheres, que Vonda e eu nem conseguimos acreditar que você exista."

É assim que imagino como seria meu encontro com Tip. [...] Quero dizer, quando você nunca se depara com um corpo, sua imaginação faz o melhor que pode. A sua não? É claro, minha imaginação estava bem distante da realidade. Você recebeu a carta de Tiptree, ou melhor, a carta de Alli (Alice Sheldon), não recebeu, Vonda? Ela me disse que iria te escrever. Acho que descobrir a verdadeira identidade de Alli me fez lembrar que, mesmo tendo me correspondido com ela por anos, ainda éramos, por assim dizer, estranhas uma à outra.

Quer saber, Vonda? Fiquei tão irritada com Tip — melhor dizendo: com Alli — no começo... Ela mentiu pra gente! Por anos a fio. Não contou a ninguém, nem mesmo a nós, desde que nos tornamos amigas por correspondência. Considerávamo-nos amigas dela, mas se ela não pôde confiar em nós seu segredo, então que tipo de amigas éramos nós? Qual era o jogada? Fingir ser um homem, e se divertir com isso?

Mas então eu me dei conta. Alli, Tip, quem quer que fosse — era como a gente. Mais uma mulher que gostava de ficção científica; mais uma mulher que queria ser publicada em um campo dominado pelos homens: a ciência. Meu Deus, Vonda. Era uma mulher como nós. Ela *é* a gente. Quero dizer: quantas vezes eu recebi cartas de rejeição? E quantas vezes você foi rejeitada, até agora? E quantas vezes os editores zombaram da gente, especialmente os homens? Sei que Joanna não concorda comigo, mas honestamente, escrever sob um pseudônimo masculino foi a melhor opção para Alli. Não foi a única opção, claro, mas a melhor que ela tinha. Quero dizer: veja como ela se safou tão bem, "sendo" homem? Lembra-se do Robert Silverberg, do que ele disse? "Alguém sugeriu que Tiptree fosse uma mulher, uma teoria que eu acho absurda, porque há alguma coisa indelevelmente masculina na escrita de Tiptree." Ela enganou todo mundo, Vonda. Os fez de TOLOS. Claro, é decepcionante que não haja mesmo um homem — até onde a gente saiba — que seja realmente sensível e escreva sobre igualdade de gênero e de tratamento, mas, pensa bem: uma mulher enganou o mundo todo, fazendo pensar que ela era um homem. E isso não é pouca coisa! Alli é a prova viva de que nós, mulheres, não podemos ser desmerecidas por conta de nosso gênero, porque podemos fazer de tudo — incluindo a ciência, ou a ficção científica — tão bem quanto qualquer homem. E ninguém sabia. NINGUÉM. E o segredo dela não foi revelado por conta do que ela escreveu, ou por nenhuma "bandeira" ou traço feminino, mas sim por conta de um obituário[4] e pela tendência de Alli a não mentir sobre sua vida. Quando você para para pensar, tudo o que Alli fez foi admirável. Tendo a intenção ou não, Alli derrubou as fronteiras entre o que é "masculino" e o que é "feminino".

Eu já a perdoei por ter mentido. Ela não tinha alternativa depois de ter sido aceita e publicada com o nome Tiptree. Francamente, duvido que os mesmos editores que publicaram Tiptree publicariam Alice Sheldon depois de descobrirem que ela era Tiptree. Alli foi sincera em nos contar seu segredo adiantado. Ela pediu desculpas, e nunca mentiu mesmo para nós, a não ser sobre sua identidade. Escrevi de volta imediatamente contando para ela que estava tudo bem.

4 *Em 1976, "Tiptree" mencionou que a mãe "dele", também escritora, havia falecido em Chicago. As pistas levaram os fãs a encontrar o obituário, que fazia referência à filha, Alice Sheldon. Logo tudo foi revelado. Depois do choque inicial, Alice escreveu para Ursula K. Le Guin, confessando sua identidade: "nunca te escrevi nada que não fosse a verdade, nunca ouve cálculo ou intenção de enganar, a não ser na assinatura, que por oito anos foi apenas mais um apelido; tudo o mais é puramente eu mesma: uma mulher de 61 anos chamada Alice Sheldon, apelidada de "Alli", solitária por natureza e casada há 37 anos com um homem muito bom consideravelmente mais velho, que não lê o que escrevo, mas que fica muito feliz que eu goste de escrever."*

Em carta posterior, Ursula comenta[5] *sobre a morte de Alice/Tiptree:*

Ficou sabendo das notícias? Alli disparou contra si mesma e seu marido Ting. Eu devia saber que isso estava para acontecer. Alli estava deprimida, e quando me contou que seu marido estava ficando cego (hemorragia nas retinas), ela me contou:

> *Como você vê, a vida não é mais como era. Mas eu sabia que seria assim, ou de algum outro modo. Só preciso segurar firme o revolver .45 se a coisa — não,* quando *a coisa ficar ruim demais. Então, querida esse* NÃO *é um apelo por solidariedade, você entende e sei que entende então vamos a isso, mas com uma risada. Certo?*

E ela garantiu que sairia com uma risada, Vonda. Mandou-me uma última carta, no dia anterior à sua morte. Vonda, era uma crônica da história mundial ensinada a partir das bobagens dos estudantes. Era hilariante. Porém... minha risada é agridoce.

Em carta enviada a Ursula em 1978, após a revelação de sua identidade feminina, Alice insinuava seus pensamentos de morte em um poema:

5 *Carta a Vonda N. McIntyre, 21 de abril de 1987.*

“Poderias escrever um pouquinho mais rápido?”,
pediu a Molusco [Alice] à Ursa [Ursula].
“Vem uma carruagem logo atrás de nós, e está
chegando com força.”
Mulheres de maridos mais velhos nos fazem
lembrar que logo a noite cai, longa e arrastada.
Outras, com maior talento, têm
de levar adiante a toada.[6]

6 *“Will you write a little faster?”, said the Mollusc to the Bear. / “There’s a chariot close behind us, and it’s hovering too damm near.” / Wives of older men remind us that the night comes soon and long, / And others, far more talented, must carry the song.*

MULHERES QUE OS HOMENS NÃO VEEM

THE WOMEN MEN DON'T SEE, 1973

A primeira vez que a vejo é quando o 727 da Mexicana começa a descer na direção da ilha de Cozumel. Saio do lavatório e afundo no assento, dizendo "licença" a um borrão duplo de silhuetas femininas. O borrão ao meu lado inclina a cabeça, aquiescente. A mais nova, na janela, continua a olhar para fora. Eu continuo no lado do corredor, sem prestar atenção a nada. Zero. Nunca teria olhado para elas, ou através delas, uma segunda vez.

O aeroporto de Cozumel é a mistura habitual de ianques histéricos vestidos para irem direto para a praia e mexicanos tranquilos vestidos para irem almoçar no "Presidente". Eu sou um ianque calejado, vestido para uma pescaria de verdade. Consigo recolher minha bolsa e minhas varas de pescar no meio da confusão e cruzo o pátio externo à procura do meu voo agendado. Um tal de capitão Estéban se comprometeu a me levar até os baixios de pesca de chalana, em Belize, a trezentos quilômetros ao sul da costa.

O capitão Estéban revela-se como um autêntico indígena maia cor de mogno e de um metro e meio de altura, e está num estado autenticamente maia de irritação. Ele me informa que seu aparelho Cessna ficou retido não sei onde, e seu Bonanza já está contratado para levar passageiros para Chetumal.

Bem, Chetumal fica na direção sul; ele não poderia me levar junto e prosseguir até Belize depois que os passageiros desembarcassem? Carrancudo, reconhece essa possibilidade — se os demais passageiros permitirem e se não houver um excesso de "equipajes".

O grupo que seguirá para Chetumal se aproxima. São a tal mulher e sua companheira (filha?), caminhando com todo cuidado pelo cascalho e entre as sebes de *yucca* do pátio. Suas maletas Ventura são, como elas próprias, pequenas, banais e de cores neutras. Nenhum problema. Quando o capitão pergunta se posso embarcar junto, a mãe responde em voz baixa, "é claro", sem olhar para mim. Acho que é nesse momento que meu detector interno de anormalidades emite o primeiro clique. Como assim, essa mulher já me olhou e me avaliou o bastante para poder me aceitar no avião dela?

Relevo. Há anos que a paranoia deixou de ser útil em meu trabalho, mas hábitos assim são difíceis de abandonar.

Quando entramos no Bonanza, vejo que a garota tem um corpo que poderia ser atraente se houvesse nele uma fagulha de energia. Não há. O capitão Estéban dobra várias vezes um xale grosso e senta-se em cima para poder olhar por cima da capota. Começa a checar meticulosamente os procedimentos de voo. Em seguida, já estamos deslizando pela pista e logo passamos por cima da gelatina azul-turquesa do mar do Caribe, pegando uma forte corrente de vento sul.

A costa à nossa direita é o território de Quintana Roo. Se você nunca foi ao Yucatán, basta imaginar o maior e o mais liso tapete verde-cinza do mundo. Um território vazio até onde a vista alcança. Passamos pelas ruínas esbranquiçadas de Tulum e pela estrada que leva a Chichén Itzá, como um corte aberto na planura; meia dúzia de plantações de coco e depois mais nada a não ser recifes e uma floresta de arbustos rasteiros estendendo-se até o horizonte, a mesma que os conquistadores avistaram quatro séculos atrás.

Longas faixas brancas de cúmulos deslizam em nossa direção sombreando a praia. Já compreendi que parte da preocupação do nosso piloto tem a ver com o tempo. Uma frente fria está se encerrando nos campos de agave da Mérida na direção do oeste, e o vento sul está amontoando uma série de pequenas tempestades tropicais que eles chamam de “lloviznas”. Estéban se desvia metodicamente, rodeando um par de pequenos cúmulos de trovoadas. O Bonanza dá uma guinada, e olho para trás com a vaga intenção de tranquilizar as mulheres. Elas estão contemplando calmamente o trecho visível de Yucatán. Ora, ora, foi oferecido a elas o assento do copiloto, com uma vista bem melhor, mas recusaram. Timidez?

Outra *llovizna* se prepara mais à frente. Estéban puxa o Bonanza para o alto, soerguendo-se no assento para ver melhor a trajetória. Relaxo pela primeira vez em bastante tempo, saboreando as latitudes que me separam de minha escrivaninha e a semana de pesca que me aguarda pela frente. O perfil clássico dos maias, visível no rosto do capitão, atrai meu olhar: a testa recuada, em relação ao nariz de predador; os lábios e a mandíbula também retraídos por baixo dele. Se seus olhos oblíquos fossem um pouco mais acentuados, não teria obtido sua licença. É uma bela combinação, acredite se quiser. Nas indiazinhas maias, em seus vestidinhos e com aquele brilho viscoso e iridescente nos olhos, é também altamente erótico. Nada a ver com o tipo bonequinha oriental: as pessoas aqui têm ossos de pedra. A avó do capitão Estebán provavelmente seria capaz de rebocar sozinha o Bonanza se...

Acordo do meu devaneio com a parede da cabine acertando minha orelha. Estebán está berrando em seu *headset* por entre o tamborilar frenético do granizo no vidro; as janelas estão tapadas de cinzento.

Tem uma coisa importante faltando — o motor. Percebo que Estéban está tentando controlar um avião sem motor. Três mil e seiscentos; perdemos dois mil pés de altitude!

Ele esmurra os botões dos tanques enquanto a tempestade nos arremessa de um lado para outro; escuto algo sobre gasolina, num rosnado que expõe seus dentes grandes. O Bonanza desce em parafuso. Quando ele estende o braço para acessar um comando, vislumbro os indicadores de combustível, que estão altos. Talvez um entupimento nos tubos; ouvi falar em gasolina vagabunda sendo vendida por aqui. Ele deixa cair o *headset*; há uma chance em um milhão de que alguém consiga nos escutar através dessa tempestade nessa frequência. Dois mil e quinhentos e descendo mais.

Sua bomba de alimentação elétrica parece estar ajudando: o motor explode, para, explode, mas então cala-se para sempre. De repente rompemos a camada inferior das nuvens. Abaixo de nós há uma comprida linha branca quase oculta pela chuva forte: os arrecifes. Por trás deles não se vê nenhuma praia, apenas uma baía de forma irregular coberta por mangues e que se aproxima a toda velocidade.

Isso não vai ser nada bom, digo a mim mesmo sem muita originalidade. As mulheres não emitiram um som sequer. Olho para trás e vejo que elas estão se agachando e se protegendo com os casacos em volta da cabeça. Com uma velocidade de uns cento e vinte isso não adianta muito, mas faço o mesmo.

Estéban grita mais alguma coisa após pegar de novo o *headset* enquanto pilota um avião em queda livre. Está tentando fazer um milagre também — enquanto a água vem de encontro a nós ele faz a aeronave girar sobre si mesma numa manobra de arrepiar os cabelos, com a faixa de areia branca bem diante do nosso nariz.

Como neste mundo ele o conseguiu eu jamais vou saber. O Bonanza se amarrota todo quando aterrissamos de barriga com um estrondo tremendo, repicamos, colidimos de novo e tudo parece passar veloz quando deslizamos rumo aos mangues no extremo da areia. *Crash! Clang!* O avião se detém num tronco de figueira coberto de mata-pau, com uma asa apontando para cima. O pouso forçado se encerra com todos nós inteiros, e sem fogo. Fantástico.

O capitão Estéban força sua porta até conseguir abri-la; ela agora está na posição do teto. Atrás de mim, uma voz de mulher repete baixinho, "Mãe. Mãe". Eu fico de pé no piso e vejo que a garota está tentando se desvencilhar do abraço da mãe. Os olhos da mulher estão cerrados. Então, de repente, ela os abre e entra numa reação de "vamos nessa", sã e salva. Estéban grita, pedindo-lhes que saiam. Agarro a caixa de primeiros socorros do Bonanza e me arrasto para fora depois das duas mulheres, saio para o ar tomado pelo vento e pelo sol brilhante. A tempestade que nos derrubou já está sumindo na outra extremidade do litoral.

— Grande aterrissagem, capitão.

— Oh? Sim, sim, uma beleza.

As mulheres estão trêmulas, mas sem histeria. Estéban examina o ambiente em volta com a expressão que seus antepassados tinham quando examinaram os espanhóis.

Se você já esteve numa coisa assim, conhece a apatia em câmera lenta que toma conta de nós depois que tudo passa. Primeiro, vem a euforia. Descemos com dificuldade e pisamos na areia, fustigados pelo vento, notando sem alarme que tudo que se vê são quilômetros e quilômetros de água cristalina em todas as direções. A água tem apenas uns trinta centímetros de profundidade, e o fundo é da cor de oliva, como lama de aluvião. A praia distante, até onde a vista alcança, é um mangue plano totalmente inabitável.

— Baía Espírito Santo. — Estéban confirma meu palpite de que viemos parar nesta região em cujas águas sempre tive vontade de pescar.

— Que fumaça é aquela ali? — A garota está apontando para um penacho escuro que se ergue no horizonte.

— Caçadores de jacarés — diz Estéban.

Os maias que caçavam clandestinamente deixaram muitos pontos de queimadas naqueles pântanos. De repente me ocorre que qualquer sinal de fumaça que a gente venha a fazer não vai chamar muita atenção. Percebo que nosso avião está bastante enfiado nos troncos e nos cipós de parasitas. Difícil de ser avistado lá do alto.

No instante em que começa a se formar em minha mente a questão de como diabos vamos sair dali, a mulher mais velha pergunta com tranquilidade:

— Se eles não puderam ouvir seu chamado, capitão, quando começarão a procurar por nós? Amanhã?

— Positivo — concorda Estéban, de cara fechada.

Lembro-me que o socorro aéreo e marítimo nestas bandas é bastante informal. Algo do tipo "fiquem de olho para ver se avistam Mario, a mãe disse que ele não aparece em casa há uma semana".

Começo a perceber que talvez tenhamos que ficar por ali um tempinho.

Além disso, o barulho à nossa esquerda, que parece o motor diesel de um caminhão, é o mar do Caribe tomando de assalto a baía onde estamos. O vento sopra em nossa direção, e os troncos lisos da vegetação do mangue mostram que na maré alta a água cobre aquilo tudo.

Lembro que vi uma lua cheia no céu pela manhã, em St. Louis, creio, o que significa maré máxima. Bem, podemos subir de novo até onde ficou o avião. Mas... e a água para beber?

Ouço um chapinhar ao meu lado. A mulher mais velha acabou de experimentar a água da baía. Ela balança a cabeça, sorrindo com pesar. É a primeira vez que qualquer uma delas exprime alguma emoção; considero isso um sinal para que façamos as apresentações. Quando digo que sou Don Fenton, de St. Louis, ela me diz que são as Parsons, de Bethesda, Maryland. Diz isso de modo tão agradável que, num primeiro momento, não reparo que não me disse seus primeiros nomes. Todos cumprimentamos novamente o capitão Estéban.

O olho esquerdo dele está fechado por um grande inchaço, um contratempo que não chega a incomodar um verdadeiro maia, mas a sra. Parsons percebe o modo como ele repetidamente esfrega as costelas com o cotovelo.

— Capitão, o senhor se machucou.

— *Rota*. Acho que ela se quebrou. — Ele parece constrangido por sentir dor. Conseguimos fazer com que dispa a camisa Jaime, o que revela um machucado bem feio em seu torso admirável de pele escura.

— Será que temos esparadrapo naquela caixa, sr. Fenton? Eu tenho algum treinamento de primeiros socorros.

Ela passa a usar o esparadrapo de maneira bastante competente e impessoal. A srta. Parsons e eu andamos até a extremidade da faixa de areia e temos uma conversa que depois serei capaz de recordar com precisão.

— Colhereiros — digo eu, apontando três pássaros cor-de-rosa que levantam voo.

— São bonitos — diz ela, na sua vozinha miúda. As duas têm vozes miúdas. — Ele é um indígena maia, não é? Quero dizer, o piloto.

— Sim. Um maia autêntico, saído diretamente de um daqueles murais de Bonampak. Você já viu Chichén e Uxmal?

— Sim. Estivemos em Mérida. Estamos indo para Tikal, na Guatemala... Quero dizer, estávamos.

— Vocês vão chegar lá. — Sinto que a garota precisa de uma injeção de ânimo. — Contaram a vocês que as mães maias costumam amarrar uma tábua na testa das crianças, para dar a elas aquela inclinação? Também penduram uma bola de sebo diante dos olhos delas para que fiquem estrábicas. Eles consideram isso um sinal aristocrático.

Ela sorri e olha de longe para Estéban.

— As pessoas são diferentes aqui no Yucatán — diz, pensativa. — Não são como os índios da Cidade do México. São mais... não sei... mais independentes.

— Deve-se ao fato de nunca terem sido conquistados. Os maias foram massacrados e muito perseguidos, mas ninguém jamais conseguiu acabar com eles. Aposto que você não sabia que a última guerra entre mexicanos e maias acabou com uma negociação de trégua, em 1935.

— Não sabia! — E depois ela diz, muito séria: — Gosto disso.

— Eu também.

— A água está subindo bastante depressa — diz a voz da sra. Parsons, muito calma, às nossas costas.

E está mesmo, e com ela vem mais uma *llovizna*. Voltamos a entrar no Bonanza. Tento amarrar o meu casaco com capuz para recolher um pouco da água da chuva, mas ele se desprende quando a tempestade cai, furiosa, com toda força. Vasculhamos o interior desarrumado da cabine e acabamos achando duas barras de malte e minha garrafa de Jack Daniels; com isso vamos ficando mais confortáveis. As Parsons tomam um gole de uísque cada uma; Estéban e eu, bem mais do que isso. O Bonanza alagado começa a balançar. Estéban faz uma careta ancestral dos maias, com um olho só, para a água que escorre para dentro de seu avião, e logo adormece. Todos nós cochilamos.

Quando a água diminui, a euforia também já se dissipou, e estamos todos com muita, muita sede. E que diabo, o sol está quase se pondo. Ponho-me a trabalhar com a vara de molinete e alguns anzóis triplos, e com isso consigo apanhar quatro pequenas tainhas. Enquanto isso, Estéban e as mulheres amarram o pequeno bote salva-vidas do Bonanza aos arbustos do mangue, para recolher chuva. O vento é quente, de esturricar. Nem um só avião cruza o céu.

Por fim, cai outro aguaceiro, que rende alguns goles de água para cada um de nós. Quando o pôr do sol envolve o mundo inteiro em sua luz dourada, ficamos de cócoras no banco de areia para comer tainha crua e migalhas de cereal instantâneo. As mulheres agora estão de *short*; são normais e nem um pouco *sexy*.

— Nunca reparei o quanto o peixe cru é agradável — diz a sra. Parsons, bem-humorada. Sua filha dá uma risadinha, também de bom humor. Ela está ao lado da mamãe, no lado oposto a mim e Estéban. A esta altura já entendi a sra. Parsons: mamãe galinha protegendo a cria contra os predadores. Por mim, sem problema. Eu vim aqui foi para pescar.

Mas alguma coisa está me irritando. As malditas mulheres não reclamaram de nada até agora, entende? Nem um choramingo, nem um mimimi; nenhuma reação pessoal. Agem como uma coisa que saiu do manual.

— A senhora parece bastante à vontade aqui neste lugar deserto, sra. Parsons. Costuma fazer acampamento?

— Deus do céu! Não. — Ela dá um sorriso modesto. — Não faço isso desde que minha filha era escoteira. Oh, olhe só... Aqueles pássaros ali, não são fragatas?

Responde uma pergunta com outra pergunta. Fico esperando enquanto os pássaros voam com altivez na direção do pôr do sol.

— Bethesda. Estarei muito errado supondo que trabalha para o Tio Sam?

— Ora, sim. Parece conhecer bem Washington, sr. Fenton. Seu trabalho o leva até lá com frequência?

Em qualquer lugar que não naquela faixa de areia o truquezinho dela teria dado resultado. Meus genes de caçador se contraíram.

— A senhora está vinculada a qual agência?

Ela se sai graciosamente.

— Oh, estou na GSA, a Administração Geral de Serviços. Sou bibliotecária.

— Claro, agora sei que a conheço muito bem; conheço todas as senhoras Parsons das divisões de registros, dos setores de contabilidade, dos departamentos de pesquisa, dos escritórios de pessoal e de administração. Diga a sra. Parsons que estamos precisando de um relatório de todos os contratos de serviços externos do ano fiscal de 1973... Quer dizer então que o Yucatán entrou agora no menu das férias? Que pena. Respondo a ela com uma piada mais que batida.

— Ah, claro. A senhora sabe onde os corpos foram enterrados.

Ela dá um sorriso meio desdenhoso e se levanta.

— Escurece depressa aqui, não é mesmo?

Hora de voltar para o avião.

Um bando de íbis revoa em círculos sobre nossas cabeças; evidentemente estão acostumadas a se abrigar na figueira onde nosso avião esbarrou. Estéban surge com um machete e uma rede maia, feita de cordas. Começa a pendurá-la entre o avião e a árvore, recusando ajuda. Seus golpes de machete são visivelmente desacostumados.

As Parsons foram fazer xixi por trás da hélice traseira. Ouço uma delas escorregar e soltar um gritinho baixo. Quando as duas voltam para a parte da frente da fuselagem, a sra. Parsons pergunta:

— Podemos dormir na rede, capitão?

Estéban produz um sorriso inacreditável. Eu protesto, invocando a chuva e os mosquitos.

— Oh, não, trouxemos repelente. E gostamos de ficar ao ar livre.

O ar livre está soprando com força cinco na escala, "brisa forte", e fica mais frio a cada minuto que passa.

— E trouxemos nossas capas de chuva — diz a garota, bem-humorada.

Muito bem, senhoras, tudo beleza. Nós, os machos ameaçadores, nos recolhemos para o interior da cabine úmida. Por cima do assobio do vento fico ouvindo de vez em quando a risada delas, aparentemente bem aconchegadas em seu ninho de íbis gelado. Uma demência pessoal, é assim que interpreto. Eu sou o menos ameaçador dos homens; minha ausência de carisma tem sido até um ponto positivo em minha carreira profissional ao longo desses anos todos. Será que estão tendo fantasias a respeito de Estéban? Ou talvez sejam mesmo desse povo maluco que precisa de ar livre... O sono desce sobre mim, alimentado pelos motores diesel invisíveis que rugem nos arrecifes lá de fora.

Despertamos com a boca seca, no meio da ventania de um alvorecer cor de salmão. Uma lasca de diamante, o sol, quebra a linha do horizonte, e é prontamente envolvido pelas nuvens. Ponho-me a trabalhar com minhas varas de pesca, usando tainha como isca, enquanto duas nuvens de chuva passam sobre nós. O café da manhã é uma tira de barracuda crua para cada um.

As Parsons continuam estoicas e prestativas. Com a ajuda de Estéban elas retiram e posicionam um pedaço da capota do avião para acender um fogo com gasolina no caso de avistarmos uma aeronave, mas não percebemos nada a não ser o zumbido distante de um jato a caminho do Panamá. O vento uiva; está quente, seco, cheio de poeira de coral. Assim como nós.

— Eles começam as buscas pelo mar — diz Estéban. Sua testa recuada e aristocrática está banhada de suor; a sra. Parsons o examina de longe, preocupada. Observo o lençol de nuvens que se estende sobre nós, cada vez mais alto, mais espesso, mais seco. Enquanto ele durar ninguém conseguirá nos ver, e a questão da água fica cada vez mais preocupante.

Finalmente, peço emprestado o machete de Estéban e corto com ele um bastão bem comprido.

— Há um córrego que deságua no mar mais adiante. Eu vi do avião. São três ou quatro quilômetros, no máximo.

— Acho que o bote se rasgou — diz a sra. Parsons, mostrando-me as fendas no plástico cor de laranja; a etiqueta é do Delaware, o que me deixa irritado.

— Tudo bem então — ouço minha voz anunciando. — A maré está baixando. Se cortarmos a extremidade daquele tubo de ventilação, posso trazer água dentro dele. Já atravessei trechos de água rasa.

Mesmo aos meus ouvidos aquilo soa como uma maluquice.

— Deve-se ficar perto do avião — diz Estéban.

Ele tem razão, claro. E mais, ele está visivelmente febril. Olho para o céu encoberto. Minha boca tem gosto de poeira e de barracuda velha. Dane-se o manual.

Quando começo a cortar largas faixas do bote, Estéban me diz para levar comigo o poncho.

— Vai passar uma noite longe.

Ele tem razão nisso também: vou ter que esperar a maré baixa.

— Eu vou com o senhor — diz a sra. Parsons, calmamente.

Eu me limito a olhar para a cara dela. Que nova forma de loucura atacou agora a Mamãe Galinha? Será que ela imagina que Estéban está avariado demais para poder ser funcional? Enquanto fico ali atônito, meus olhos constatam o fato de que a sra. Parsons está com os joelhos bem rosados, soltou o cabelo e o nariz já está um pouco avermelhado pelo sol. Uma quarentona em bom estado; na verdade, bastante apetecível.

— Olhe, senhora, esse trajeto é difícil. Lama até as orelhas e água cobrindo a cabeça.

— Eu tenho bom preparo físico e de fato nado muito bem. Tentarei acompanhar. Duas pessoas juntas é algo mais seguro, sr. Fenton, e juntos podemos trazer mais água.

Ela fala sério. Bem... Fisicamente, no período do inverno, eu estou amolecido como um *marshmallow*, e não posso dizer que a ideia de ter uma companhia me deprime. Então... que seja.

— Deixe-me mostrar a srta. Parsons como usar a vara de pesca.

A srta. Parsons está ainda mais rosada e desgrenhada pelo vento, e é jeitosa com o molinete. Uma boa garota, a srta. Parsons, ao seu modo insignificante. Cortamos outro bastão e juntamos algum material para levar. No último minuto, Estéban mostra o quanto está fisicamente mal: ele me oferece o machete. Agradeço, mas digo que não: estou mais acostumado com meu facão Wirkkala. Amarramos as pontas do tubo plástico com ar dentro, para flutuação, e nos pomos a caminho ao longo da faixa onde a areia parece mais firme.

Estéban ergue em saudação uma palma da mão escura. "Buen viaje!" A srta. Parsons abraça a mãe e vai na direção do mangue com a vara de pesca. Ela acena. Nós acenamos.

Uma hora depois, ainda não os perdemos de vista. Nosso avanço é um pesadelo em estado puro. A areia se dissolve num limo onde é impossível caminhar por cima ou nadar por dentro, e a parte do fundo está coberta de vegetação morta do mangue, cheia de espinhos. Vamos chapinhando de buraco em buraco, afugentando arraias e tartarugas marinhas e pedindo a Deus para não pisar numa moreia. Quando não estamos encharcados em limo, estamos ressecados, e com um cheiro de Período Cretáceo.

A sra. Parsons segue em frente, cheia de determinação. Só uma vez preciso puxá-la para fora da lama. Quando faço isso, percebo que já perdemos de vista a faixa de areia.

Finalmente alcançamos o que pensei ser um córrego; é apenas uma fenda no meio do mangue, que conduz até outro braço da baía, com mangues e mais mangues adiante de nós. E a maré começa a subir.

— Eu tive a pior ideia deste mundo.

A sra. Parsons diz apenas, com tranquilidade:

— É muito diferente da vista que se tem lá do alto.

Tenho que revisar minha opinião sobre as escoteiras. Abrimos caminho por dentro do mangue até aquela região nublada que tem de ser uma praia. O sol está se pondo e ardendo em nossos rostos, atrapalhando a visão. Íbis e garças voam lá em cima à nossa volta, e a certa altura vemos um caranguejo-eremita avançando pela água e deixando uma esteira de espuma atrás de si. Afundamos em mais alguns caldeirões de lama. As lanternas elétricas estão encharcadas. Minha mente elabora fantasias em que o mangue é um obstáculo universal; é difícil lembrar que algum dia já caminhei numa rua, por exemplo, sem tropeçar por cima, por baixo ou através de raízes de um manguezal. E o sol está baixando, baixando...

De repente, atingimos um barranco e eu caio dentro de uma correnteza de água fria.

— O córrego! Água limpa!

Engolimos e gargarejamos e ensopamos os cabelos; é a melhor bebida que lembro já ter tomado.

— Meu Deus. Meu Deus. — A sra. Parsons está rindo às gargalhadas.

— Aquela parte mais escura, ali à direita, parece ser terra firme.

Avançamos, chapinhando, cruzamos a correnteza e seguimos ao longo de uma marquise de pedra, que se transforma num barranco sólido, por cima de nossas cabeças. Mais à frente há uma abertura junto a um arbusto de bromélias espinhentas. Conseguimos escalar o aclive e, ao chegar no topo, nós nos jogamos ao chão, gotejantes e malcheirosos. Num reflexo mecânico, meu braço envolve os ombros da minha companheira — mas a sra. Parsons já não está mais ali: está de joelhos, esquadrinhando com o olhar a planície esturricada que se estende à nossa volta.

— Ah, é tão bom ver uma terra onde a gente possa pisar de verdade! — O tom dela é inocente demais. *Noli me tangere.*

— Não experimente. — Estou exasperado; essa mulherzinha lamacenta, o que ela está pensando? — Esse solo ali é uma crosta de cinzas por cima do lodo, e além do mais está cheio de tocos. A pessoa pode afundar ali até os joelhos.

— Daqui me parece firme.

— Isto aqui é um criatório de aligátores. Pense nessa rampa por onde subimos. Não se preocupe, a esta altura a madame local já está a caminho de ser transformada em bolsa.

— Que horror.

— Acho que devo jogar uma linha lá embaixo na água, enquanto ainda dá para enxergar.

Deslizo de volta até a correnteza e preparo uma linha cheia de anzóis que podem nos garantir a refeição da manhã seguinte. Quando volto, a sra. Parsons está limpando a lama que se grudou ao poncho.

— Ainda bem que me avisou, sr. Fenton. Esse chão é traiçoeiro.

— É. — Já superei meu aborrecimento; Deus sabe que eu não tenho intenção de *tangere* a sra. Parsons, mesmo que não estivesse moído de cima a baixo. — O Yucatán é um lugar tranquilo, mas difícil de atravessar. Pode-se entender por que os maias construíram estradas. Por falar nisso... Olhe!

Os últimos raios de sol estão silhuetando uma pequena forma quadrada a uns dois quilômetros interior adentro; uma ruína maia com uma figueira brotando de dentro dela.

— Há muitas por aí. O pessoal acha que serviam como torres de guarda.

— Que terra de aparência desértica.

— Vamos torcer para que esteja deserta de mosquitos.

Arrastamo-nos pela ladeira dos aligátores, e lá embaixo dividimos a última barra de malte, vendo as estrelas deslizarem para dentro e para fora das nuvens vaporosas. Os insetos nem incomodam tanto; talvez a queimada que houve ali tenha extinguido a maior parte deles. E o calor também diminuiu muito — na verdade, não sentimos calor algum, molhados como estamos. A sra. Parsons continua calmamente interessada no Yucatán e visivelmente desinteressada em contatos mais próximos.

Quando começo a ter ideias mais agressivas sobre como vamos passar a noite caso ela espere que eu lhe ceda o poncho, ela se levanta, caminha arrastando os pés até um par de elevações suaves do terreno e diz:

— Imagino que este seja um lugar tão bom quanto qualquer outro, não é, sr. Fenton?

E com isso ela arruma os sacos feitos com o plástico do bote, como travesseiros, e deita-se de um lado, no chão, coberta por exatamente metade do poncho e deixando a outra metade cuidadosamente livre. Deita-se de costas viradas para mim.

A demonstração é tão convincente que já estou me acomodando embaixo do meu pedaço de poncho quando o despropósito de tudo aquilo me interrompe.

— A propósito, meu nome é Don.

— Oh, claro. — A voz dela é a graciosidade em pessoa. — Eu sou Ruth.

Enfio-me ali embaixo, conseguindo não tocá-la, e ficamos esticados como dois peixes sobre um prato, expostos à luz das estrelas, aspirando o cheiro da fumaça trazido pelo vento e sentindo coisas por baixo dos nossos corpos. É, com certeza, o momento de intimidade mais constrangedor que experimentei nos últimos anos.

A mulher não significa nada para mim, mas aquele distanciamento incômodo dela, o desafio daquele rabo a poucos centímetros da minha braguilha... Por dois pesos eu abaixaria aqueles *shorts* e a penetraria. Se eu fosse vinte anos mais novo. Se eu não estivesse tão exausto... Mas os vinte anos e a exaustão estão ali, e me ocorre, com azedume, que a sra. Ruth Parsons avaliou as coisas de maneira muito precisa. Se eu *fosse* vinte anos mais novo, ela não estaria ali. Como o peixinho que faz evoluções diante de uma barracuda empanzinada, pronto para sumir no segundo em que ela parecer mudar de planos, a sra. Parsons sabe que seus *shorts* estão em segurança. Aquela pequena peça de roupa tão cheia, tão retesada, tão próxima...

Certo atrevimento caloroso começa a se manifestar no baixo-ventre, e mal isso acontece, tomo conhecimento de que se produziu um vazio ao meu lado. A sra. Parsons está imperceptivelmente se arrastando para longe, milímetro a milímetro. Será que minha respiração me denunciou? Dane-se. Tenho certeza de que, se estendesse a mão, ela de repente não estaria mais no lugar: provavelmente iria nadar, e eu que morresse na praia. Os vinte anos trazem uma risadinha que eu sufoco na garganta, e relaxo.

— Boa noite, Ruth.

— Boa noite, Don.

E, acredite ou não, adormecemos, enquanto os batalhões do vento rugem sobre nós.

A luz me desperta. Um clarão branco, frio.

Meu primeiro pensamento é: caçadores de aligátores. A melhor coisa é nos apresentar como turistas o mais rápido possível. Levanto-me depressa, e noto que Ruth mergulhou embaixo da moita de bromélias.

— *Quién estás? Al socorro, señores!*

Ninguém responde, mas a luz some, deixando-me cego.

Grito novamente, em mais uma ou duas línguas. Tudo continua na treva. Lá para os lados da queimada, ouço o ruídos de algo que raspa, que emite um silvo. Cada instante que passa gosto menos daquilo, tento gritar que nosso avião se acidentou e que precisamos de ajuda.

Um feixe de luz da grossura de um lápis passa rápido sobre nós e é desligado.

— *Oh-orro* — diz uma voz borrada, e ouvem-se alguns estalidos metálicos. Certamente não é gente daquele local. Estou começando a ter ideias desagradáveis.

— Sim, socorro!

Alguma coisa faz *crac-crac, uísh-uísh,* e então todos os sons desaparecem.

— Mas ora que diabo. — Avanço aos tropeções na direção de onde os ruídos vieram.

— Olhe! — Sussurra Ruth por trás de mim. — Ali, por cima da ruína.

Olho e percebo uma série de clarões rápidos que logo se extinguem.

— Um acampamento?

Avanço mais dois passos largos na escuridão. Minha perna rompe a crosta seca, e um caniço pontiagudo me apunhala precisamente naquele ponto onde você aplica a ponta da faca para separar os ossos de uma coxa de galinha. Pela dor que avança bexiga acima eu percebo que a coisa foi travada pela minha rótula.

Não há nada como uma rótula para deixar um sujeito fora de combate. Primeiro você descobre que seu joelho não dobra mais, de modo que tenta aplicar o peso do corpo sobre ele, e é quando uma baioneta sobe pela sua espinha e desloca seu queixo. Pequenos grãos de cartilagem se infiltraram na superfície sensível. O joelho tenta se dobrar e não consegue, e misericordiosamente você desaba no chão.

Ruth me ajuda a voltar ao poncho.

— Que imbecil que eu sou, que maldito imbecil dos infernos...

— Nem pense nisso, Don. É totalmente natural. — Acendemos alguns fósforos; os dedos dela afastam os meus, começam a explorar o local. — Acho que está no lugar, mas está inchando depressa. Vou colocar um lenço molhado em cima. Vamos ter que esperar que amanheça para examinar o corte. Aqueles eram caçadores clandestinos? O que acha?

— Provavelmente —, minto. O que acho mesmo é que eram contrabandistas.

Ela volta logo com uma bandana ensopada e a amarra com cuidado.

— Acho que nós os assustamos. Aquela luz... Puxa, parecia tão forte.

— Um grupo de caçadores. As pessoas aqui fazem cada maluquice.

— Talvez de manhã eles apareçam de novo.

— É bem capaz.

Ruth puxa o poncho molhado de volta sobre nós e damos boa-noite novamente. Nenhum de nós tocou no assunto de como vamos voltar para o avião sem ajuda.

Fico deitado, virado na direção do sul, onde Alfa do Centauro alternadamente cintila e desaparece por entre a bruma, e me amaldiçoando pela beleza de mancada que acabo de cometer. Minha primeira hipótese começa a dar lugar a outra, muito menos agradável.

Contrabando, nesta região, é um par de sujeitos numa lancha com motor de popa indo ao encontro de um barco de pesca de camarão na linha dos arrecifes. Eles não projetam luzes cegantes para o céu, nem usam nenhum tipo de veículo que cruza o mangue fazendo barulho. E um acampamento grande... com equipamento paramilitar?

Vi um relato a respeito de agentes guevaristas infiltrados pela fronteira das Honduras Britânicas, que fica a cerca de cem quilômetros, ou sessenta milhas, ao sul de onde estamos. Abaixo daquelas nuvens que estou vendo bem ali. Se foi esse pessoal que apareceu para nos espreitar, ficarei bastante feliz se não voltarem.

Acordo fustigado pela chuva e sozinho. O primeiro movimento que faço confirma que minha perna está como eu suspeitava — uma imensa ereção fora do lugar por dentro dos *shorts*. Ergo o corpo, com sacrifício, e vejo que Ruth está perto das bromélias, olhando para a baía. Um bloco sólido de nimbos está despejando chuva na direção do sul.

— Não vai vir nenhum avião hoje.

— Oh, bom dia, Don. Quer dar uma olhada naquele corte agora?

— É pequeno. — E de fato, a pele mal foi perfurada, e a punção não foi muito profunda. Totalmente desproporcional ao estrago que fez lá dentro.

— Bem, eles lá têm água para beber — diz Ruth com tranquilidade. — E talvez aqueles caçadores acabem voltando. Vou lá embaixo, ver se pegamos algum peixe... Posso ajudá-lo em algo, Don?

Muito cheia de tato. Emito um grunhido negativo, e lá se vai ela para seu momento de privacidade.

É uma ocasião privada, sem dúvida, porque quando termino minhas obrigações sanitárias ela ainda não voltou. Finalmente escuto o chapinhar de seus passos na lama.

— Um peixe dos grandes! — Mais chapinhado. Então ela surge no barranco, segurando uma cioba de um quilo e meio, e algo mais.

É somente depois do trabalho e da sujeira de fatiar o peixe que eu começo a reparar.

Ela está arrumando uma fogueirinha com palha e gravetos para assar o peixe, com as mãos pequenas, mas rápidas, e certa tensão naquele lábio superior feminino. A chuva amainou por enquanto; estamos empapados de água, mas conservamos algum calor. Ruth traz meu peixe espetado num graveto e se agacha com um suspiro fundo.

— Não vai comer também?

— Oh, sim, claro. — Ela pega uma fatia e começa a mordiscar, dizendo depressa:

— Ou temos muito sal, ou muito pouco, não acha? Eu podia trazer um pouco de água do mar. —

Os olhos dela não param, indo do nada para o lugar nenhum.

— Boa ideia. — Ouço outro suspiro daqueles e resolvo que as escoteiras precisam de alguma assistência. — Sua filha mencionou que vocês estavam vindo de Mérida. Conheceram bem o México?

— Não muito. No ano passado estivemos em Mazatlán e Cuernavaca... — Ela pousa o resto do peixe, franzindo a testa.

— E estão indo conhecer Tikal. Vão até Bonampak também?

— Não. — De repente ela dá um salto e fica de pé, limpando a chuva do rosto. — Vou lhe trazer um pouco de água, Don.

Desliza rampa abaixo e depois de um bom tempo volta com um caule de bromélia cheio.

— Obrigado.

Ela fica de pé ao meu lado, olhando o horizonte, em plena inquietude.

— Ruth, eu detesto dizer isso, mas aqueles caras não vão voltar, e provavelmente é melhor que seja assim. Seja o que for que estavam fazendo aqui, nós somos um problema para eles. O máximo que podem fazer é dizer a alguém que estamos aqui. Vai levar um dia ou dois para eles irem e voltarem, e a essa altura estaremos de volta ao avião.

— Acho que tem toda razão, Don. — Ela caminha lentamente para perto da fogueirinha.

— E não se preocupe com sua filha. Ela é adulta.

— Oh, eu tenho certeza de que Althea está bem. Eles têm bastante água a esta altura. — Os dedos dela tamborilam na coxa. A chuva recomeça.

— Vamos, Ruth. Sente-se aqui. Fale de Althea. Ela ainda está na faculdade?

Ela dá aquele misto de risada e suspiro, e senta-se.

— Althea se graduou no ano passado em programação de computadores.

— Mas que coisa boa. E quanto a você, trabalha exatamente com que lá nos registros da GSA?

— Estou nos arquivos de licitações estrangeiras. — Ela sorri mecanicamente, mas respira com rapidez. — É muito interessante.

— Eu conheço Jack Wittig, na seção de contratos, será que você o conhece?

Isso soa muito absurdo, ali junto da rampa dos aligátores.

— Oh, já conversei com o sr. Wittig, mas certamente ele não vai se lembrar de mim.

— Por que não?

— Não sou muito memorável.

A voz dela é factual. E está coberta de razão, é claro. Quem era mesmo aquela mulher, a sra. Jannings, Janny, que durante anos cuidou das minhas diárias? Competente, simpática, impessoal. Tinha um pai doente ou alguma coisa assim. Mas dane-se, Ruth é bem mais jovem, e com melhor aparência. Falando comparativamente.

— Talvez a sra. Parsons não queira ser memorável.

Ela emite um som meio vago, e percebo de repente que Ruth não está me dando atenção. Suas mãos agarram os joelhos com força, e ela olha para o interior do continente, na direção das ruínas.

— Ruth, estou lhe afirmando que os nossos amigos com aquelas luzes já estão, a esta altura, no país vizinho. Esqueça, não precisamos deles.

Ela volta os olhos para mim como se tivesse esquecido que eu estava lá; e assente, num gesto vagaroso. Parece que falar lhe exigiria um esforço muito grande. De repente ela inclina a cabeça para o lado e salta de pé outra vez.

— Vou dar uma olhada nos anzóis, Don. Acho que ouvi alguma coisa... — E desaparece como um coelho.

Durante o tempo em que ela está fora, tento ficar de pé usando minha perna sadia e meu bastão. A dor é lancinante; ao que parece os joelhos têm uma espécie de linha direta com o estômago. Dou dois ou três pulinhos para ver se o Demerol que tomei pode me fazer andar. Quando estou fazendo isso, Ruth volta a surgir do barranco, com um peixe rabeando nas mãos.

— Oh, não! Don! *Não!* — E ela aperta *o peixe* de encontro ao peito!

— Andar na água vai reduzir meu peso. Eu gostaria de tentar.

— Mas não deve! — Diz Ruth, quase com violência, mas no mesmo instante modula a voz com calma. — Olhe para a baía, Don. Não dá para avistar nada.

Estou ali oscilando, com um gosto de bile na boca e olhando as cortinas de luz solar e de chuva pesada se estendendo sobre a costa. Ela tem razão, graças a Deus. Mesmo com as duas pernas em bom estado, estaríamos sujeitos a problemas entrando ali.

— Acho que mais um pernoite aqui não vai nos matar.

Deixo que ela me ajude a desabar de volta sobre os retalhos de plástico, e então ela se atarefa à minha volta, arrumando um monte de terra para me servir de encosto, esticando o poncho entre duas varas como um toldo para me proteger da chuva, trazendo-me algo para beber, vasculhando em volta à procura de gravetos secos.

— Vou fazer uma fogueira de verdade assim que a chuva parar, Don. Eles vão ver nossa fumaça e saberão que estamos bem. Só temos que esperar. — Dá um sorriso de encorajamento. — Precisa de algo para ficar mais confortável?

Pelas barbas de Santo Esterco: ela está brincando de casinha no meio de um mangue lamacento. Durante alguns instantes um acesso de autoestima me faz imaginar que ela tem segundas intenções a meu respeito. Então ela solta outro daqueles suspiros e volta a se agachar sobre os calcanhares, na atitude de quem está à escuta. Inconscientemente, seu traseiro se balança um pouco. Meu ouvido capta a palavra-chave de tudo: *esperar.*

Ruth Parsons está à espera. De fato, ela age como se estivesse esperando algo com uma ansiedade mortal. Mas o quê? Alguém que possa nos remover dali; o que mais seria? Mas por que se horrorizou tanto quando me levantei e declarei que íamos partir? Por que essa tensão toda?

Minha paranoia se inquieta, e eu a agarro pelo colarinho e começo a examinar preguiçosamente cada detalhe. Até o momento em que apareceu aquilo ontem à noite, fosse o que fosse, a sra. Parsons estava, a meu ver, normal. Calma e sensata, em todo caso. Agora ela está vibrando como um fio de alta tensão. E parece decidida a ficar aqui, esperando. E eu me pergunto, por mero passatempo intelectual: por quê?

Ela já teria a intenção de vir para cá? De jeito nenhum. Ela planejou estar em Chetumal, que fica lá na fronteira. E pensando bem, Chetumal é um baita de um rodeio para se chegar a Tikal. Vamos, então, propor um cenário em que ela está indo se encontrar com alguém em Chetumal. Alguém que faz parte de uma organização. A esta altura, seu contato em Chetumal viu que ela se atrasou. E quando aqueles tipos apareceram ontem à noite, algo sugere a ela que eles fazem parte da mesma organização. Ela espera, talvez, que os caras somem dois mais dois e voltem para buscá-la, por que não?

— Podia me ceder a faca, Don? Vou limpar o peixe.

Muito lentamente eu entrego a faca a ela, dando pontapés no meu subconsciente. Uma mulher tão boa, tão distinta, uma boa escoteira. Meu problema é que já me deparei com muitos profissionais agilíssimos por trás de estereótipos bem montados. *Não sou muito memorável...*

O que acontece lá nos arquivos de licitações estrangeiras? Wittig lida com contratos confidenciais. Coisas que envolvem muito dinheiro: negócios com moedas estrangeiras, tabelas de preços de *commodities*, algum tipo de tecnologia industrial. Ou, só como hipótese, podia ser algo bem simples, como alguns maços de notas bem empacotados naquela maleta bege, para serem trocados por algum outro pacote que veio, digamos, da Costa Rica. Se ela for um pombo-correio para alguém, eles vão querer ir até o avião. Nesse caso, o que acontece comigo, e talvez com Estéban? Mesmo em hipótese, nada de bom.

Fico observando enquanto ela raspa o peixe, testa franzida pelo esforço, dentes mordendo o lábio. A sra. Ruth Parsons, de Bethesda, esta dama tão atarefada, tão ciosa de privacidade... Será que estou ficando maluco? *Eles verão a fumaça...*

— Aqui está a faca, Don. Já a lavei. A perna está doendo muito?

Pisco os olhos, afugento as fantasias, e o que vejo é uma mulher pequena e assustada no meio de um mangue pantanoso.

— Sente-se aí, descanse um pouco. Você está andando por toda parte.

Ela se senta, obediente, como uma criança numa cadeira de dentista.

— Você está uma pilha de nervos por causa de Althea. E ela provavelmente está preocupada com você. Vamos estar de volta lá amanhã, com nossas próprias forças, Ruth.

— Sinceramente, não estou muito preocupada, Don. — O sorriso dela se desfaz; ela morde os lábios de leve, olhando a baía com a testa franzida.

— Sabe, Ruth, você me surpreendeu quando se ofereceu para vir junto. Não que eu não seja grato por isso. Mas a minha primeira impressão era de que você não ia querer deixar sua filha a sós com o nosso bravo piloto. Fui somente eu que pensei assim?

Agora sim, consegui a atenção total dela.

— Eu acredito que o capitão Estéban é um tipo muito especial de homem.

As palavras dela me surpreendem um pouco. A fala correta deveria ser, "eu tenho toda confiança em Althea" ou mesmo, com certa indignação, "Althea é uma moça decente", não?

— É um homem. Althea pareceu achá-lo interessante.

Ela continua contemplando a baía. E então noto sua língua emergir e lamber aquele lábio superior preênsil. Suas orelhas e sua garganta ganham um rubor que não vem da queimadura do sol, e uma das mãos acaricia suavemente a coxa. O que é que ela está vendo lá fora, no baixio?

Oh-oh.

Os braços de mogno do capitão Estéban envolvendo o corpo cor de pérola de Althea. As narinas arcaicas do capitão Estéban farejando o pescocinho macio da srta. Parsons. O traseiro de cobre do capitão Estéban bombando com toda força na bundinha cremosa e soerguida de Althea... A rede, sacolejando. Os maias sabem tuuudo.

Ora, ora. Então Mamãe Galinha tem lá seus cacoetes.

Sinto-me muito idiota e mais do que um pouco irritado. *Agora* eu entendo tudo... Mas mesmo uma luxúria de segunda mão tem lá o seu valor, aqui, no meio da lama e do temporal. Eu me recosto, lembrando o modo como a srta. Althea, a programadora de informática, acenou para nós em despedida, de modo tão resguardado. Estava mandando a mamãe se afastar pelo lamaçal da baía a fim de que ela pudesse ficar ali e ser reprogramada em código maia? A visão de troncos do mogno de Honduras entrando e saindo de uma areia opalescente assalta minha imaginação. Quando estou a pique de sugerir a sra. Parson que faça o favor de vir partilhar meu abrigo contra a chuva, ela diz, serenamente:

— Os maias parecem ser um tipo muito especial de pessoas. Acho que o senhor também disse isso a Althea.

As implicações disso desabam sobre mim, tais como a chuva. *Tipo.* Tudo que diz respeito a consanguinidade, cruzamento, fecundação. Será que acabei avalizando Estéban não apenas como um garanhão, mas como um doador genético?

— Ruth, está me dizendo que você está disposta a aceitar um neto que seja meio índio?

— Ora, Don, isso é um problema de Althea, você sabe.

Olhando para a mãe, acho que é mesmo. Ah, se eu tivesse gônadas de mogno...

Ruth volta a escutar o vento, mas não estou disposto a deixá-la escapar facilmente. Não depois de toda sua agitação *noli me tangere.*

— E o pai de Althea, o que ele vai achar disso?

O rosto dela vira-se para mim com espanto genuíno.

— O pai de Althea? — Ela dá um meio sorriso complicado. — Ele não vai se preocupar.

— Ele também aceita, hein? — Vejo-a sacudir a cabeça como se uma mosca a estivesse incomodando, e acrescento, com a ironia de um inválido:

— Seu marido deve ser um tipo muito especial de homem.

Ruth olha para mim, puxando o cabelo molhado para trás, num gesto abrupto. Tenho a impressão de que a esquiva sra. Parsons está a ponto de perder o controle, mas sua voz é calma.

— Não existe nenhum sr. Parsons, Don. Nunca existiu. O pai de Althea era um estudante de medicina, um dinamarquês. Acho que hoje ele é uma figura bastante importante.

— Oh. — Alguma coisa me aconselha a não dizer que sinto muito. — Quer dizer que ele não sabe a respeito de Althea?

— Não. — Ela sorri, com olhos brilhantes como os de um cuco.

— Parece ser uma situação delicada para ela.

— Eu cresci bastante bem nas mesmas circunstâncias.

Bang! Morri. Ora, muito bem, então. Uma imagem louca brota na minha mente: gerações sucessivas de solitárias mulheres Parsons selecionando reprodutores, fazendo viagens de acasalamento. Bom, já ouvi rumores de que o mundo está indo nesse rumo.

— Melhor eu ir olhar os anzóis.

Ela sai. O brilho se esvai. *Não*. Não, apenas; nenhum contato. Adeus, capitão Estéban. Minha perna está muito desconfortável. Que se dane o orgasmo intercontinental da sra. Parsons.

Não falamos muito depois disso, o que parece convir a Ruth. Aquele dia esquisito vai se arrastando. Gritos agudos de aves circulam sobre nós. Ruth consegue tostar mais algumas fatias de peixe, mas a chuva apaga a fogueirinha; parece que ela cai ainda mais forte quando o sol parece querer se mostrar.

Finalmente, ela vem sentar-se perto de mim, embaixo do poncho empapado, mas não há calor nenhum em volta. Eu cochilo, percebendo que de vez em quando ela se levanta e vai dar uma olhada em volta. Meu subconsciente avisa que ela continua nervosa. Digo ao meu subconsciente que feche a matraca.

Depois de algum tempo eu acordo de vez e percebo que ela está fazendo anotações nas páginas úmidas de uma caderneta.

— O que é isso? Uma lista de compras para os aligátores?

Uma risada automática, educada.

— Ah, somente anotando um endereço. Para o caso de... Estou sendo boba, Don.

— Ei! — Eu me sento, fazendo uma careta. — Ruth, pare de ficar inquieta. Falo sério. Daqui a pouco vamos estar fora daqui. Você vai ter uma grande história para contar.

Ela não ergue o olhar.

— Sim... Acho que teremos.

— Ora, vamos. Estamos nos saindo bem. Não há nenhum perigo real aqui, você sabe. A menos que você seja alérgica a peixe.

Outra risada de menina simpática, mas há um tremor por dentro dela.

— Às vezes eu penso que gostaria de ir... para beeeem longe mesmo.

Quero mantê-la falando e digo a primeira coisa que me vem à cabeça:

— Diga, Ruth. Fico curioso em saber o porquê de você optar por esse tipo de vida, assim tão solitária, em Washington. Quero dizer, uma mulher como você...

— ...deveria estar casada? — Ela dá um suspiro entrecortado e guarda a caderneta de volta no bolso úmido.

— E por que não? É a forma natural de ter uma companhia. Não me diga que você tenta ser algum tipo de antimacho profissional.

— Uma lésbica, você quer dizer? — O riso dela soa melhor agora. — Com as avaliações de segurança por que tenho de passar? Não, não sou.

— Muito bem, então. Seja qual for o trauma que você tenha experimentado, essas coisas não duram para sempre. Você não pode odiar *todos* os homens.

O sorriso dela está de volta.

— Oh, mas não houve nenhum trauma, Don, e eu não *odeio* os homens. Seria algo tão bobo quanto... Odiar o clima. — Ela ergue olhos enviesados para a chuva que cai.

— Eu acho que você tem uma birra, sim. Você tem medo até de mim.

Suave como uma mordida de rato ela diz:

— Eu adoraria saber algo sobre sua família, Don.

Touché. Dou a ela a versão abreviada de como não tenho mais família, e ela diz que sente muito, que triste. E ficamos conversando sobre como de fato é boa a vida de uma pessoa solteira, e como Ruth e suas amigas podem assistir peças e concertos, podem viajar, e uma delas de fato trabalha como chefe de caixa no Circo dos Ringling Brothers, o que me diz disso?!

Mas todo esse falatório está lhe saindo aos arrancos, como uma fita magnética com defeito, os olhos indo para o horizonte a cada pausa, o rosto parecendo procurar ouvir alguma coisa que não é minha voz. O que há de errado com ela? Bem, o que há de errado com qualquer mulher de meia-idade e furtivamente anticonvencional que dorme numa cama vazia? E com acesso a informações reservadas? Um antigo costume mental me lembra, de forma descortês, que a sra. Parsons representa aquilo que é conhecido como um clássico alvo de penetração.

— ...e com tantas oportunidades que existem atualmente. — Então a voz dela se cala.

— E viva a liberação feminina, hein?

— Liberação? — Impaciente, ela se curva para frente e ajeita o poncho que está meio derreado. — Isso está condenado.

A palavra é meio apocalíptica e chama minha atenção.

— Como assim, "condenado"?

Ela me olha como se eu tivesse um parafuso frouxo e diz, vagamente:

— Ah...

— Vamos, me diga. Condenado por quê? As mulheres não conseguiram as leis com igualdade de direitos?

Uma longa hesitação. Quando ela volta a falar, sua voz está diferente.

— As mulheres não têm direitos, Don, a não ser aqueles que os homens nos concedem. Os homens são mais agressivos, mais poderosos, e eles mandam no mundo. Assim que a próxima grande crise os deixar inquietos, nossos chamados "direitos" vão desaparecer, sumir como fumaça. Vamos voltar a ser o que sempre fomos: um gado. E tudo que tiver acontecido de errado vai ser atribuído ao fato de que tínhamos liberdade, tal como ocorreu com a queda de Roma. Você vai ver.

Bem, tudo isso é dito num tom desolado de total convicção. Na última vez em que escutei esse tom de voz a pessoa estava explicando por que motivo era obrigada a manter as gavetas dos seus arquivos cheias de pombos mortos.

— Ora, que é isso. Você e suas amigas são a espinha dorsal do sistema. Se forem embora, o país entra em pane antes da hora do almoço.

Nenhum sorriso em resposta.

— Isso é uma fantasia. — A voz dela continua muito calma. — As mulheres não funcionam dessa maneira. Nós somos... um mundo que não tem dentes. — Ela olha em volta, como que procurando um motivo para não dizer mais nada. — Tudo que as mulheres fazem é sobreviver. De uma em uma, de duas em duas, nas fendas da máquina do mundo de vocês.

— Soa como uma operação de guerrilha. — Não estou brincando, de fato, aqui no covil dos aligátores. Estou considerando se não desperdicei tempo demais pensando em troncos de mogno.

— Guerrilheiros têm algum tipo de esperança. — De repente ela liga de novo seu sorriso jovial. — Pense em nós como gambás, Don. Sabia que os gambás sobrevivem em qualquer parte? Existem gambás até mesmo na cidade de Nova York.

Sorrio de volta, com um arrepio na nuca. E eu pensei que era *eu* o paranoico.

— Homens e mulheres não são espécies diferentes, Ruth. As mulheres fazem tudo que um homem faz.

— Fazem mesmo? — Nossos olhares se cruzam, mas ela parece estar vendo fantasmas flutuando entre nós dois em plena chuva. Ela murmura algo que parece soar como "My Lai" e afasta os olhos. — Todas essas guerras sem fim... — Sua voz é quase um sussurro. — Todas essas imensas organizações autoritárias para fazer coisas irreais. Os homens vivem em função de lutar uns com os outros; nós somos apenas uma parte do campo de batalha. E nunca vai mudar, enquanto não mudar o mundo inteiro. Às vezes eu sonho em... ir embora... — Ela se recompõe, e muda de tom, abruptamente. — Desculpe, Don, é tão estúpido ficar falando essas coisas.

— Os homens também odeiam a guerra, Ruth — digo eu, da maneira mais delicada que posso.

— Eu sei. — Ela faz um esforço e fica de pé. — Mas esse problema é de vocês, não é mesmo?

Fim da comunicação. A sra. Ruth Parsons e eu não vivemos sequer no mesmo mundo.

Observo enquanto ela anda de um lado para o outro, inquieta, a cabeça virada na direção das ruínas. Um estado de alienação desse tipo pode facilmente levar alguém a colecionar pombos mortos, mas isso seria um problema da GSA. Pode também levar a pessoa a acreditar em algum maluco que apareça prometendo mudança radical no mundo inteiro. O que seria provavelmente um problema meu, caso tenha sido um deles que veio aqui em nosso acampamento ontem à noite, ali naquele ponto para onde ela não para de olhar. *Guerrilheiros têm algum tipo de esperança?*

Absurdo. Mudo o corpo de posição e percebo que o céu está começando a clarear enquanto o sol se põe. O vento finalmente está também amainando um pouco. É insano imaginar que essa mulherzinha está com alguma fantasia na cabeça aqui, em pleno pântano. Mas o equipamento que eu vi ontem à noite não era nenhuma fantasia. Se esses camaradas têm algum tipo de conexão com ela, eu estou me atravessando no meio. E se alguém precisa se livrar de um corpo, não pode desejar um local melhor do que este. Talvez algum desses guevaristas seja um tipo de homem especial?

Absurdo. É claro. A única coisa mais absurda do que isso seria sobreviver às guerras e acabar meus dias aqui, abatido pelo namorado de uma bibliotecária, durante um feriado de pesca.

Um peixe salta na correnteza abaixo de onde estamos. Ruth se vira tão depressa que esbarra no poncho pendurado.

— Melhor ir acendendo o fogo — diz ela, com os olhos ainda na planura e a cabeça meio de lado, escutando.

Ah, tudo bem. Vamos fazer um teste.

— Esperando alguém?

Ela se abalou. Imobilizou-se onde estava e seus olhos se viraram para mim com a expressão de um trecho de filme com a rubrica "Medo". Vejo que ela resolve sorrir.

— Ora, nunca se sabe! — Ela dá uma risada estranha, mas os olhos não mudam de expressão. — Eu vou... acender o fogo. — E praticamente desaparece entre os arbustos.

Ninguém, seja paranoico ou não, pode considerar isso uma reação normal.

Ou Ruth Parsons é psicótica ou está esperando que alguma coisa aconteça. E é algo que não tem nada a ver comigo: eu a assustei tanto que ela quase faz xixi.

Bem, talvez ela seja maluca. Posso estar enganado, mas existem alguns equívocos que a gente só comete uma vez na vida.

Relutante, abro o zíper do meu cinto largo, dizendo a mim mesmo que se acho mesmo o que estou achando, minha única solução é tomar alguma coisa para minha perna e me afastar o máximo possível da sra. Ruth Parsons antes da chegada de seja quem for que ela está esperando.

Dentro do meu cinto há uma pistola calibre 32 de que Ruth não tomou conhecimento, e ela vai permanecer ali. Meu projeto de longevidade ensina que os tiroteios ficam para os programas de tevê, e que é preciso estar bem longe quando a casa vem abaixo. Posso passar uma noite totalmente segura e totalmente horrível escondido num daqueles mangues do baixio... Estarei ficando louco?

Nesse instante, Ruth surge, de pé, olhando indisfarçavelmente na direção do interior, com a mão protegendo os olhos. Então ela enfia algo no bolso, fecha o botão e aperta o cinto.

É o sinal que eu precisava.

Engulo em seco dois comprimidos de cem miligramas que vão me permitir andar sem problema e manter um mínimo de lucidez para poder me ocultar. Vamos esperar alguns minutos. Certifico-me de que minha bússola e alguns anzóis continuam em meu bolso, e sento-me à espera, enquanto Ruth remexe em sua fogueira improvisada, olhando em volta sempre que acha que estou distraído.

O mundo plano à nossa volta está mergulhando numa luminosidade âmbar e violeta, quando os primeiros sinais de dormência se manifestam em minha perna. Ruth rastejou por baixo das bromélias para colher mais mato seco. Posso ver o pé dela. OK. Estendo a mão para apanhar meu bastão.

De repente aquele pé se sacode, e Ruth solta um grito — ou melhor, sua garganta emite aquele som estrangulado de *uh-uh-hhh* que é de puro horror. O pé desaparece por entre o farfalhar dos ramos de bromélia.

Dou um salto para frente, apoiado em minha muleta, e olho por cima do barranco para uma cena imóvel.

Ruth está agachada, de lado, no barranco, as mãos crispadas sobre a barriga. Eles estão cerca de um metro mais abaixo, flutuando no rio numa pequena embarcação. Enquanto eu estava sopesando decisões como um estúpido, os amigos dela vieram navegando bem embaixo do meu nariz. Há três deles no barco.

São brancos e altos. Tento enxergá-los como homens vestidos numa espécie de macacão branco. O que está mais próximo da margem estende um longo braço branco na direção de Ruth. Ela estremece e tenta rastejar para longe.

O braço se estende mais para ela. Estica-se e estica-se ainda mais. Estica-se até atingir uns dois metros de comprimento, e balança no ar. Umas coisas miúdas e negras se mexem na sua extremidade.

Olho para o local onde deviam estar os rostos deles, e vejo discos ocos, escuros, com ranhuras verticais. As ranhuras se movem devagar.

Não, não há a menor possibilidade de que sejam seres humanos, ou qualquer outro tipo de criatura que eu já tenha visto. Que seres são esses que Ruth atraiu para cá?

A cena é totalmente silenciosa. Eu pisco os olhos, pisco novamente — isso não pode estar acontecendo. Os dois outros seres na outra ponta do bote estão agitando os braços em torno de um aparelho montado numa trípode. Uma arma? De repente ouço aquela mesma voz indistinta que já ouvi antes durante a noite.

— D-dê... — ela geme. — D-dê...

Meus Deus, isso é real, seja lá o que for. Estou apavorado. Minha mente se esforça para não formar uma palavra.

E Ruth... Meu Deus, é claro... Ruth está apavorada também; ela se arrasta pelo barranco, afastando-se deles, que visivelmente não são nada amistosos. Aperta algo de encontro ao corpo. Por que razão ela não sobe logo o barranco e se refugia junto de mim?

— D-dê. — Esse som rouco está sendo emitido através do aparelho na trípode. — Por-ha-vor, dê. — O bote está se movendo contra a correnteza, logo abaixo de Ruth, acompanhando-a. O braço comprido ondula no ar mais uma vez, na direção dela, com aqueles dedinhos negros se movendo. Ruth rasteja até o topo da encosta.

— Ruth! — Minha voz é um grasnido. — Ruth, suba logo, fique aqui, atrás de mim!

Ela não olha para mim, mas rasteja para mais longe ainda. Meu terror explode em forma de raiva.

— Volte para cá, já! — Com a mão livre, consigo retirar a 32 do cinto. O sol está se pondo.

Ela não se vira, mas endireita o corpo, num gesto cauteloso, ainda agarrando o tal objeto. Vejo sua boca se mexendo. Ela está mesmo tentando *falar* com eles?

— Por favor... — Ela engole em seco. — Por favor, falem comigo. Preciso de sua ajuda.

— RUTH!

Nesse instante o monstro branco mais próximo distende seu corpo formando um S e se joga adiante como um chicote na direção dela, três metros de algo horrendo, cor de neve, palpitante.

E eu atiro em Ruth.

Não percebo isso durante um minuto — ergo a arma num gesto tão brusco que meu bastão escorrega e me derruba no momento em que disparo. Ponho-me de pé, cambaleando, enquanto Ruth grita, "não, não, não!".

A criatura está de volta ao seu bote, e Ruth está distante de mim, agarrando-se a algo. O sangue escorre pelo cotovelo dela.

— Pare, Don! Eles não estão atacando você!

— Pelo amor de Deus! Não seja idiota! Não posso ajudar se você não se afastar deles!

Sem resposta. Ninguém se mexe. Nenhum som a não ser o zumbido distante de um avião a jato no céu. Na correnteza abaixo, cada vez mais envolta na penumbra, três vultos brancos se mexem, inquietos; tenho a sensação de antenas redondas de radar tentando convergir para um ponto. A palavra se forma na minha cabeça, por si mesma: *alienígenas.*

Extraterrestres.

Fazer o quê, chamar o presidente? Capturá-los sozinho com meu revólver de brinquedo? Estou aqui sozinho no cu do mundo, com uma perna só e a cabeça saturada de cloridrato de petidina.

— Porr-fav-horrr... — A máquina deles começa a chiar novamente. — Querr-ajudarr...

— Nossa aeronave caiu — diz Ruth, numa voz tão distinta que chega a ser estranha. Ela aponta o jato lá no céu, depois aponta na direção da nossa baía. — Minha... minha criança está lá. Por favor, me levem para lá no seu barco.

Deus do céu. Quando ela gesticula, consigo ter um vislumbre da coisa que ela está segurando com o braço ferido. É metálica, como uma grande e reluzente cabeça de distribuidor. Mas o que...

Espere um instante. Hoje de manhã, quando ela se demorou bastante, pode muito bem ter encontrado essa coisa. Algo que eles deixaram cair por descuido. Ou de propósito. E ela a escondeu, sem me dizer nada. Era por isso que estava indo o tempo todo olhar naquela moita de bromélias — estava checando o aparelho. Esperando. E os donos da coisa voltaram, e a surpreenderam. Eles querem essa coisa. E ela está tentando negociar, bendito seja Deus.

— Água. — Ruth está apontando novamente. — Levem nós. Eu. E ele.

Os rostos negros voltam-se para mim, cegos, horríveis. Talvez depois eu sinta gratidão por aquele "nós". Mas não agora.

— Jogue fora essa arma, Don. Eles vão nos levar de volta. — A voz dela está bem fraca.

— Não jogo fora porra nenhuma. Você... quem são vocês? O que estão fazendo aqui?

— Ah meu Deus, que importância tem isso? Ele está com medo — ela grita para os seres. — Vocês não entendem?

Ela está tão alienígena quanto eles, ali à luz do crepúsculo. As criaturas no bote estão emitindo sons entre si. A caixa deles volta a produzir aqueles gemidos.

— Ess-tud-antesss. — É o que consigo entender. — Ess-tud-ando. Não... huh... não armando. — O ruído fica ininteligível, mas depois distingo:

— D-dê. Nós v-vamos.

Pronto. Estudantes num projeto cultural paz e amor, a nível interestelar. Era o que faltava.

— Traga esse objeto para cá, Ruth, agora mesmo!

Mas ela está escorregando de novo pela encosta abaixo, na direção deles, dizendo:

— Levem-me.

— Espere! Você precisa fazer um torniquete nesse braço.

— Eu sei. Por favor, guarde essa arma, Don.

Ela já está ao lado do bote, pertinho deles. Eles não se movem.

— Ah meu Deus do céu. — Com relutância eu solto o 32 no chão. Quando começo a descer o barranco, sinto como se estivesse flutuando. Adrenalina e Demerol não misturam bem.

O bote desliza até perto de mim, com Ruth já instalada na proa, agarrando ao mesmo tempo o objeto e o braço ferido. Os alienígenas estão na popa, por trás da sua trípode, longe de mim. Noto que o bote tem uma camuflagem verde e marrom. O mundo à nossa volta está envolto num azul escuro e sombrio.

— Don, traga o saco da água!

Quando vou buscá-lo, me ocorre que Ruth está cedendo aos nervos; a água não é necessária agora. Mas minha mente parece já estar sobrecarregada. A única coisa em que consigo focar a atenção é aquele longo braço branco, que parece de borracha, com aqueles vermezinhos pretos na ponta agarrando a extremidade do tubo cor de laranja, ajudando a enchê-lo. Isso não pode estar acontecendo.

— Consegue subir, Don?

Puxo para a borda do bote minhas pernas entorpecidas, e dois longos tubos brancos se alongam para me ajudar. Nem pensem. Eu me debato e consigo tombar do lado de dentro, junto de Ruth. Ela se afasta.

Um ronronar áspero começa a se ouvir. Ele vem de um objeto em forma de cunha no centro do bote. E estamos nos movendo, deslizando na direção dos mangues envoltos na sombra noturna.

Fico olhando para a cunha, com a cabeça vazia. Segredos tecnológicos alienígenas? Não vejo nenhum, a fonte de energia está oculta por baixo daquela cobertura triangular com cerca de meio metro de comprimento. Os instrumentos montados em cima da trípode são igualmente indecifráveis, exceto pelo fato de que um deles tem uma lente bem grande. Serão as luzes deles?

Quando chegamos ao espaço aberto da baía, o zumbido fica mais forte e avançamos planando, mais rápido, mais rápido. Trinta nós? Difícil de calcular nessa escuridão. O casco do bote parece ser composto de uma adaptação de triedros, parecido com os nossos, mas sem trepidação. Digamos que tem uns sete metros de comprimento. Planos para capturá-lo começam a se formar na minha cabeça. Vou precisar de Estéban.

De repente, uma luz branca cegante nos varre vindo da trípode, ocultando os alienígenas da popa. Vejo, então, que Ruth está tentando amarrar um cinto em volta do braço, sem largar a geringonça que traz consigo.

— Posso amarrar isso para você.

— Estou bem.

O artefato alienígena está emitindo uma luz, algo como um brilho fosforescente. Eu me inclino para olhar mais de perto, e sussurro:

— Deixe essa coisa comigo. Eu entrego para Estéban.

— Não! — Ela se encolhe para longe de mim, quase caindo por cima da borda do barco. — Isso é deles, eles precisam!

— O quê? Está maluca? — Fico tão espantado com a idiotice dela que chego a gaguejar. — Nós temos que, temos que...

— Eles não nos fizeram mal. Tenho certeza de que poderiam ter feito. — Os olhos dela se cravam em mim com feroz intensidade; naquela iluminação, seu rosto tem uma aparência lunática. Embotado do jeito que estou, consigo entender que essa maldita mulher é capaz de se jogar na água se eu chegar mais perto. E com o artefato alienígena.

— Eu acho que eles são amigáveis — murmura ela.

— Pelo amor de Deus, Ruth, são *alienígenas*!

— Eu estou acostumada com alienígenas — diz ela, com uma expressão ausente. — Lá! Lá está a ilha! Parem ali!

O bote reduz a velocidade e faz uma curva. A luz revela uma pequena elevação coberta de folhagem. Reflexo de luz num metal — nosso avião.

— Althea! Althea! Você está bem?

Exclamações, movimentos vindos da direção do avião. A maré está alta e estamos flutuando acima da areia. Os alienígenas deixam que tomemos a iniciativa e se ocultam por trás da luz. Vejo um vulto claro espadanando na água, em nossa direção, e outro vulto mais escuro logo atrás, aproximando-se devagar. Estéban deve estar perplexo ao ver uma luz tão forte.

— O sr. Fenton está machucado, Althea. Essas pessoas nos trouxeram para cá, e trouxemos água. Vocês estão bem?

— Tudo bem — diz Althea, aproximando-se chapinhando na água, excitada. — E vocês, estão bem? Nossa, que luz forte. — Automaticamente eu lhe estendo o saco plástico cheio de água.

— Entregue isso ao capitão — diz Ruth com aspereza. — Althea, consegue subir no barco? Depressa, é importante.

— Lá vou eu.

— Não, não! — Eu protesto, mas o bote se inclina quando Althea se iça para dentro.

Os alienígenas emitem ruídos, e sua caixa de som começa a gemer de novo:

— D-dê... agora... dê...

— *Que llega?* — O rosto de Estéban aparece bem ao meu lado, franzindo os olhos sob a luz forte.

— Tome aquilo, tome da mão dela... Essa coisa aí, que ela...

Mas a voz de Ruth se eleva, cobrindo a minha.

— Capitão, ajude o sr. Fenton a descer do barco. Ele machucou a perna. Depressa, por favor.

— Porra, esperem aí! — Grito, mas um braço já me envolveu a cintura, e quando um indígena maia puxa, você vai. Ainda ouço Althea dizendo: "Mãe, seu braço!", e caio com todo o meu peso na direção onde Estéban me derruba. Vamos nos debatendo dentro da água, que me chega pela metade do corpo; não consigo sentir os pés.

Quando finalmente posso me firmar, o barco está a alguns metros de distância, as duas mulheres estão curvadas, cabeças próximas, murmurando.

— Agarre as duas! — Eu me desvencilho de Estéban e avanço dentro da água. Ruth está agora de pé no barco, encarando os alienígenas.

— Levem nós duas com vocês. Por favor. Queremos ir com vocês. Queremos ir embora daqui.

— Ruth! Estéban, agarre esse barco! — Eu avanço e perco pé novamente. Os alienígenas estão chilreando feito loucos lá no instrumento deles.

— Por favor, levem-nos. Não queremos saber como é seu planeta. Podemos aprender. Podemos fazer qualquer coisa. Não vamos causar problemas. Por favor, oh, por favor...

O barco começa a se afastar.

— Ruth! Althea! Estão malucas? Esperem...

Posso apenas ficar me agitando, como num pesadelo, naquela água pesada, ouvindo a maldita caixa de som que volta a chiar:

— N-não voltar... n-não voltar mais...

O rosto de Althea está virado naquela direção, a boca aberta num sorriso.

— Sim, nós entendemos! — Grita Ruth. — Não queremos voltar! Por favor, queremos ir com vocês!

Eu grito e Estéban surge espadanando, passa por mim gritando também, algo a respeito de rádio.

— S-s-sim — diz a voz.

Ruth senta-se num movimento brusco, agarrando-se a Althea. Nesse instante, Estéban agarra a borda do barco junto de onde elas estão.

— Agarre as duas, Estéban! Não deixe que elas vão!

Ele me dá um olhar contraído por cima do ombro, e eu reconheço sua total falta de envolvimento. Ele pôde dar uma boa olhada naquela pintura de camuflagem e na ausência de material de pesca. Tomo um impulso desesperado naquela direção, mas escorrego de novo. Quando me levanto, Ruth está dizendo:

— Nós vamos com estas pessoas, capitão. Por favor, pegue seu dinheiro na minha bolsa, ficou no avião. E entregue isto ao sr. Fenton.

Ela lhe entrega algo pequeno; a caderneta de notas. Ele a recebe, com lentidão.

— Estéban! Não!

Ele largou o barco.

— Muito, muito obrigada — diz Ruth, quando o barco começa a se afastar. Sua voz se alteia, trêmula. — Não vai haver nenhum problema, Don. Por favor, mande o telegrama. É para uma amiga, ela vai cuidar de tudo. — Então ela acrescenta o detalhe mais absurdo daquela noite inteira. — Ela é uma pessoa importante, dirige o treinamento das enfermeiras no Instituto Nacional de Saúde.

Quando o barco vai sumindo, ouço Althea dizer algo que soa como "na hora certa".

Deus do céu... Um instante depois, o zumbido no barco recomeça; a luz se afasta em velocidade cada vez maior. Minha última visão da sra. Ruth Parsons e da srta. Althea Parsons é a de duas sombras de encontro àquela luz, como dois pequenos gambás. Então a luz é desligada, o zumbido fica mais forte e lá se vão elas para longe, longe, mais longe.

Na água escura, ao meu lado, Estéban está dando instruções a todo mundo para "chingarense".

— Eram amigos delas, algo assim — explico, com uma voz pouco convincente. — Parece que ela preferiu seguir com eles.

Ele mantém um silêncio deliberado, enquanto me conduz de volta ao avião. Sabe melhor do que eu o que costuma aparecer por estas redondezas, e os maias têm uma programação de longevidade própria. Sua condição física parece ter melhorado. Quando nos aproximamos da areia, percebo que a rede foi recolocada.

Durante a noite, da qual recordo muito pouco, o vento muda. E às sete e meia da manhã seguinte um Cessna pousa na areia, sob um céu sem nuvens.

Ao meio-dia estamos de volta a Cozumel. O capitão Estéban recebe o pagamento combinado e parte laconicamente para iniciar a batalha com a seguradora. Deixo as malas das Parsons com o agente da companhia aérea, que não lhes dá a mínima atenção. O telegrama que tenho de transmitir é para uma tal sra. Priscilla Hayes Smith, também de Bethesda. Sigo para um consultório médico e às três da tarde estou sentado na varanda do Cabañas com uma perna inchada e uma *margarita* dupla, tentando acreditar que aquilo tudo aconteceu.

O telegrama dizia: "Althea e eu estamos aproveitando uma oportunidade excepcional para viajar. Passaremos alguns anos fora. Por favor cuide dos nossos negócios. Te amo. Ruth".

Vejam bem, ela escreveu isso ainda durante a tarde.

Peço outra dose dupla, lamentando demais não poder ter dado uma olhada mais de perto naquela engenhoca. Será que tinha alguma etiqueta? *Made in Betelgeuse*? Não interessa o quanto isso tudo é esquisito, mas *como pode* uma pessoa ser louca a ponto de imaginar...

Não só isso, mas a ponto de ter esperanças, de fazer planos? *Gostaria de ir... beeeem longe mesmo...* Era isso que ela estava preparando o dia inteiro. Aguardando, tendo esperanças, planejando uma maneira de recolher Althea e partir de olhos fechados para um mundo desconhecido...

Durante a terceira *margarita* tento bolar um gracejo falando em "mulheres alienadas", mas sem muito entusiasmo. E estou certo de que não vai haver problema nenhum, consequência nenhuma. Dois seres humanos do sexo feminino, estando uma delas possivelmente grávida, partiram, creio eu, na direção das estrelas; e o tecido social não perdeu um fio sequer. Fico pensativo; será que todas as amigas da sra. Parsons vivem permanentemente a postos para qualquer eventualidade, inclusive para ir embora do planeta Terra? E será que um dia a sra. Parsons vai conseguir dar um jeito de mandar buscar a sra. Priscilla Hayes Smith, essa pessoa tão importante?

Só me resta pedir mais uma dose bem gelada, pensando em Althea. E que sóis serão contemplados pelos olhos escuros do rebento do capitão Estéban? "Suba aqui, Althea, estamos zarpando para Orion." "Sim, mãe, claro." Isso é um estilo de criação dos filhos? *Tudo que as mulheres fazem é sobreviver. De uma em uma, de duas em duas, nas fendas da máquina do mundo de vocês... Eu estou acostumada com alienígenas...* Ela estava falando a sério o tempo inteiro. Que coisa mais maluca. Como é possível que uma mulher queira viver no meio de monstros que ela não conhece e dizer adeus ao seu lar, ao seu mundo?

As *margaritas* vão fazendo efeito e todo esse cenário absurdo vai se desmanchando e se reduzindo à imagem daquelas duas formas minúsculas sentadas lado a lado junto a uma luz alienígena que se afasta.

E o mundo está com dois gambás a menos.

GAROTA PLUGADA

THE GIRL WHO WAS PLUGGED IN, 1973

Escuta aqui, ô zumbi. Pode acreditar. O que que eu posso dizer a você aí, com essas mãozinhas suadas segurando o portfólio de ações? Cento e dez fatias da AT&T na faixa de vinte por cento e você aí se achando o bambambã da AT&T? Olha aqui, mané, eu gostaria muito de mostrar uma coisinha para você.

Olhe, mosca morta, vou explicar. Está vendo aquela garota toda fodida?

Lá na multidão, a que está de boca aberta olhando para os seus deuses. Uma garota fodidona, numa cidade do futuro. (Sim, foi isso que eu disse.) Preste atenção.

Ela vai se enfiando no meio do aperto dos corpos, esticando o pescoço, arregalando os olhos de ânsia até a alma explodir para fora. O amor! Ooooh, como ela sente amor por eles! Os deuses dela estão saindo agora de uma loja chamada Body East. Três jovens revelações, desfilando e esbanjando beleza. Eles se vestem como gente simples, gente da rua, mas eles arrasam. Consegue ver como os olhos enormes deles se movem acima dos filtros nasais, as mãos se erguem timidamente, os lábios se fundem uns nos outros? A multidão geme. É o amor! E toda essa megacidade fervilhante, todo esse planeta de diversões do futuro *ama* os seus deuses.

Você não acredita em deuses, tio? Espere só. Seja o que for que lhe dá tesão, existe um deus no futuro para você, feito à sua medida. Escute só essa multidão. *"Eu toquei no pé dele!... Aaaai, aaai, eu* toquei *nele!"*...

Mesmo as pessoas lá no alto da torre da GTX amam os deuses — lá à sua maneira e pelos seus motivos.

A garota fodida lá na rua, ela *ama* somente. Sintonizada nas vidas maravilhosas deles, nos seus problemas *tão* misteriosos. Ninguém jamais disse nada a ela sobre os mortais que se apaixonam por um deus e acabam virando árvore ou virando um suspiro. Nem em um milhão de anos passaria pela cabeça dela que um dos seus deuses poderia retribuir seu amor.

Ela está colada à parede agora, enquanto os deuses vão passando. Eles andam no meio de um espaço aberto. Uma holocâmara os acompanha, oscilando mais acima, mas a sombra não cai sobre eles. Os telões na fachada da loja estão magicamente vazios de corpos enquanto os deuses olham para dentro e um mendigo atravessado em seu caminho se vê de repente sozinho. Eles lhe dão uma moeda. "Aaaaah!", faz a multidão.

Agora um deles aciona um tipo novo de telefone celular e eles saem caminhando para pegar um transporte, igualzinho às outras pessoas. O transporte para eles é mais uma mágica. A multidão suspira e começa a se afastar. Os deuses foram embora.

(Num aposento distante da torre da GTX, mas não desconectado dela, um circuito eletrônico molecular também se fecha e três rolos de fita começam a girar.)

Nossa garota ainda está pregada à parede enquanto os guardas e as holocâmeras se afastam. A expressão de adoração desapareceu do seu rosto. Isso é bom, porque agora você pode ver que ela é a coisa mais feia deste mundo. Um monumento à distrofia da hipófise. Nenhum cirurgião tocaria nela com um dedo. Quando ela sorri, sua mandíbula, que é meio arroxeada, quase arranca seu olho esquerdo. Ela é bastante jovem também, mas quem liga para isso?

Ela agora vai sendo empurrada pela multidão e temos vislumbres do seu torso contorcido, suas pernas desemparelhadas. Chegando à esquina, ela se esforça para enviar mais um espasmo de afeto na direção do transporte dos deuses. Depois, seu rosto retorna à expressão habitual de dor embrutecida e ela cambaleia até a passarela rolante, esbarrando nas pessoas. A passarela conduz a outra. Ela atravessa, escorrega, choca-se com a grade de segurança. Chega, finalmente, a um local que é um pequeno parque. Há uma transmissão esportiva em andamento, um jogo de basquete em 3D sendo projetado lá de cima. Mas tudo que ela faz é se jogar num banco e se encolher ali, sentada, enquanto um lance livre fantasmagórico passa rente à sua orelha.

Depois disso não acontece mais nada a não ser alguns gestos da mão levada à boca, que não despertam o interesse dos outros refugiados nos bancos.

Mas você está interessado na cidade? Tão normal, afinal de contas, em pleno FUTURO?

Ah, por aqui não faltam ondas para surfar — e também não estamos *tão* no futuro assim, tio. Mas vamos esquecer por enquanto a tralha de ficção científica, por exemplo a tecnologia de holovisão, que mandou a tevê e o rádio para o museu. Ou o casulo de energia, emitido pelos satélites, que controla os sistemas de comunicações e de transporte em todo o globo. Isso é apenas um subproduto dos nossos processos de mineração dos asteroides; podemos seguir em frente. É a *garota* que estamos acompanhando.

Vou lhe dar uma dica. Reparou na transmissão esportiva ou nas ruas da cidade? Nenhum comercial. Nenhuma propaganda.

É isso mesmo. Nenhum anúncio. Pode arregalar os olhos.

Olhe em redor. Você não vai ver um *outdoor*, uma placa; não vai ouvir um *jingle*, um *slogan*; não vai ler uma mensagem de fumaça no céu, um *release*, um *flash* subliminar. Nada, nada mesmo, e isso é no mundo inteiro. Marcas registradas? Somente para consulta naquelas minúsculas microtelas das lojas, e dificilmente alguém chamaria isso de publicidade. Hein? O que me diz?

Pode ficar pensando. A garota continua sentada no banco.

Ela foi se postar bem perto da base da torre da GTX, na verdade. Olhe para o alto e você vai ver as faíscas que brotam da enorme bolha lá no topo, por entre as cúpulas da terra dos deuses. No meio dessa bolha existe uma ampla sala de reuniões. Uma sóbria placa de bronze na porta diz: Global Transmissions Corporation. Não que isso signifique alguma coisa.

Por acaso eu sei que neste instante há seis pessoas naquela sala. Cinco delas pertencem tecnicamente ao gênero masculino, e a sexta não seria facilmente confundida com uma mamãe. São pessoas sem absolutamente nenhum traço memorável. Esses rostos foram vistos pelo público uma vez em seus casamentos, aparecerão pela segunda vez em seus obituários e em nenhuma dessas ocasiões alguém prestará atenção neles. Se você está à procura dos Malvados Azuis deste mundo, esqueça. Eu sei. Ah meu Zen, como eu sei! A carne? O poder? A glória? Eles ficariam horrorizados.

O que eles gostam mesmo, lá nas alturas onde vivem, é de ver todas as coisas bem organizadas, especialmente suas comunicações. Pode acreditar que eles dedicaram a vida inteira a isso, a suprimir os ruídos do mundo. Seus pesadelos são todos em torno de hemorragias de informação, canais fora do ar, projetos mal implementados, ruído, ruído invadindo tudo. Suas fortunas gigantescas só servem como fontes de preocupação, porque constantemente abrem novas brechas para a penetração da desordem. Luxo? Eles vestem o que seus alfaiates lhes jogam por cima, comem o que seus cozinheiros põem à sua frente. Veja aquele coroa ali — seu nome é Isham —, ele está bebericando água enquanto escuta uma datasfera. A água foi receitada por sua assessoria médica. O gosto é horrendo. A datasfera está trazendo também uma mensagem inquietante sobre seu filho, Paul.

Mas está na hora de irmos lá embaixo, onde deixamos nossa garota. Olhe!

Ela acabou de desabar, está caída de cara para o chão.

Uma emoção um tanto morna se manifesta nos transeuntes. Há um consenso de que ela morreu, o que ela questiona fazendo brotar espuma pela boca.

E pronto, agora ela está sendo carregada para uma das magníficas ambulâncias do futuro, que são um belo de um avanço sobre as nossas (isso quando estão disponíveis).

No hospital cinco estrelas local tudo fica a cargo do time costumeiro de mascarados, com o auxílio de um limpador de piso. Nossa garota volta a si o bastante para responder àquele questionário sem o qual você não tem autorização para morrer, mesmo no futuro. Por fim, ela é levada embora e é jogada como uma caixa vazia em cima de um beliche, num pavilhão longo e sombrio.

Mas em algum lugar indefinido um computador da GTX andou enviando recados para outro computador, e por volta da meia-noite alguma coisa acontece. Primeiro, uma enfermeira vem e instala uma porção de biombos em volta dela. Depois, um homem de paletó trespassado surge caminhando com todo o capricho ao longo da enfermaria. Ele faz um gesto à enfermeira para que afaste o lençol que cobre a doente, e depois que se retire.

A cabeça abrutalhada e grogue da garota se ergue um pouco, e suas manzorras apalpam trechos de um corpo que você preferiria pagar para não ver.

— Burke? P. Burke? É este o seu nome?

— S-sim. — A voz dela range. — O senhor é... polícia?

— Não. Eles vão aparecer daqui a algum tempo pelo que eu sei. Suicídio num lugar público é crime, sabia?

— Eu... sinto muito.

Ele tem um minigravador na mão.

— Você não tem família, certo?

— Certo. Não tenho.

— Está com dezessete anos. Ficou um ano na universidade. Estudou o quê?

— Li-línguas.

— Hmmm. Diga alguma coisa.

Um barulho ininteligível.

Ele a examina com o olhar. Visto de perto, ele não é tão elegante assim. É meio que um moço de recados.

— Por que tentou se matar?

Ela o encara com a dignidade de um rato morto, e puxa sobre si o lençol cinzento. Vamos dar a ele um crédito: ele não pergunta de novo.

— Então me diga uma coisa: você avistou o Breath hoje à noite?

Ela estava semimorta, mas ainda assim aquele olhar amoroso revive por inteiro no seu rosto. O Breath são aqueles três jovens deuses, objeto de culto de todos os fracassados. Vamos dar mais um crédito ao sujeito: ele consegue interpretar a expressão no rosto dela.

— Gostaria de conhecê-los em pessoa?

Os olhos da garota se arregalam de forma grotesca.

— Eu tenho um emprego para alguém como você. O trabalho é duro. Se você se sair bem, vai poder encontrar pessoalmente com o Breath e com outras estrelas o tempo todo.

O cara ficou maluco? Ela chega à conclusão de que morreu mesmo.

— A única condição é que você nunca mais vai poder rever as pessoas que conhece. Nunca, jamais. Você estará morta, para efeitos legais. Mesmo a polícia não vai ficar sabendo. Quer tentar?

Ele precisa repetir aquilo algumas vezes enquanto a mandíbula enorme dela se aquieta. *Mostre-me o fogo e nele eu caminharei.* Finalmente, as impressões digitais de P. Burke são registradas no minigravador e o homem ajuda a erguer o corpo pesado e malcheiroso da garota, sem nenhum sinal de desagrado. Dá para imaginar que outras coisas ele precisa fazer.

E então... A MAGIA. A aparição silenciosa de padioleiros que trotam enfermaria adentro e agasalham P. Burke em algo muitíssimo diferente das macas daquele nosocômio; o deslizar macio para o interior da mãe de todas as ambulâncias de luxo — flores de verdade no vaso! — e um voo longo e sem turbulência para lugar nenhum. O tal lugar nenhum é aquecido e reluzente, e um aconchego de enfermeiras. (Quem foi que disse que o dinheiro não compra bondade sincera?) E nuvens limpinhas envolvem P. Burke, mergulhando-a num sono aturdido.

... Sono este que se mistura com refeições e banhos e mais sonos, aqueles intervalos de modorra à tarde, numa hora que deveria ser meia-noite, e a gentileza de vozes bem profissionais e rostos amistosos (mas poucos), e incontáveis e indolores aplicações de hipo-*sprays* e sensações estranhamente anestésicas. E depois, recomeça o ritmo cadenciado dos dias e das noites, e uma aceleração que P. Burke não chega a identificar como saúde, sabe apenas que os fungos alojados em sua axila desapareceram. E depois ela se vê já de pé, acompanhando aquelas novas fisionomias com uma confiança crescente, primeiro aos tropeções, depois caminhando com segurança, muito melhor agora, percorrendo a passos firmes o pequeno corredor rumo aos testes, testes, testes e outras coisas.

Eis a nossa garota, e ela parece...

Se possível, parece pior do que antes. (Estava pensando que era a história de Cinderela, só que com transistores?)

O prejuízo para sua boa aparência foi a implantação das tomadas para eletrodos que surgem agora por entre seus cabelos ralos; além de outras simbioses entre a carne e o metal. Por outro lado, a placa que lhe cobre a nuca e a espinha agregou valor — ninguém vai sentir falta de ver aquele pescoço.

P. Burke está pronta para começar o treinamento para o novo emprego.

O treinamento tem lugar na suíte onde ela está alojada e é exatamente o que se chamaria de uma aula de etiqueta. Como andar, como sentar-se, como comer, como falar, como assoar o nariz, como tropeçar, como urinar, como soluçar — mas de uma forma ENCANTADORA. Como fazer de cada assoada de nariz ou encolher de ombros um gesto delicioso, sutilmente distinto de tudo que já foi feito antes. E como disse aquele cara, é um trabalho duro.

Mas P. Burke mostra que tem jeito para a coisa. Em algum lugar daquele corpo horrendo existe uma gazela, uma huri que teria vivido sepultada para sempre se não tivessem lhe dado esta chance maluca. Olhe o patinho feio como está caminhando!

Só que não é P. Burke que está andando, gargalhando, agitando seus cabelos sedosos. Como poderia ser? P. Burke está fazendo tudo isso, sem dúvida, mas o faz por meio de outra coisa. Essa outra coisa é, por todas as aparências, uma garota viva. (Eu avisei, isto aqui é o FUTURO.)

Quando eles abrem a enorme caixa criogênica e lhe mostram o que irá ser o seu novo corpo, ela diz apenas duas palavras. Olho fixo, engolindo em seco: "Como assim?".

Muito simples, na verdade. Veja P. Burke de bata e chinelos caminhar pesadamente corredor afora, tendo ao lado Joe, o homem que supervisiona a parte tecnológica do seu tratamento. Joe não liga para a aparência de P. Burke, ele nem sequer notou. Para Joe, qualquer sistema-matriz é belo.

Entram numa sala que está meio na penumbra, onde se vê apenas uma enorme cabine que lembra uma sauna individual e uma mesa de controle para Joe. A sala tem também uma parede toda de vidro, que agora está escurecida. E apenas para seu conhecimento, essa parafernália inteira está situada a cerca de duzentos metros no subsolo perto do que um dia foi a cidade de Carbondale, Pensilvânia.

Joe abre a tampa da cabine como se ela fosse uma enorme casca de ostra pousada numa das extremidades e cheia de geringonças curiosas no lado de dentro. A garota se livra da bata e entra ali nua, totalmente à vontade. *Ansiosa*, ela se deita de rosto para cima e começa a plugar cabos nas entradas implantadas em seu corpo. Joe fecha a porta cuidadosamente sobre suas costas meio corcundas. *Clunk*. Lá dentro ela não pode ver, nem ouvir, nem se mexer. Ela odeia esse minuto. Mas como ama o que vem depois!

Joe está sentado ao seu console, e as luzes do outro lado da parede de vidro se acendem. Daquele lado vê-se um quarto, cheio de coisas macias e modernosas, o quarto de dormir de uma garota. Sobre a cama, um lençol de seda mostrando uma elevação que tem na extremidade madeixas longas de cabelo amarelo.

O lençol se agita e é arremessado para o lado.

Sentada na cama está a garota mais adorável que você já viu. Está trêmula como num filme pornô para anjos. Alonga os braços para o alto, sacode o cabelo, olha em redor cheia de glamour sonolento. Depois, não resiste e corre as mãos devagar por sobre os minisseios e a barriguinha, pois, sabia? É a maldita da P. Burke quem está ali sentada, acariciando o corpo perfeito da garota e olhando para você com olhos cheios de deleite.

E então a gatinha pula para fora da cama e se estabaca no chão.

De dentro da sauna, na sala da penumbra, sai um som estrangulado. P. Burke, tentando esfregar o cotovelo cheio de plugues, vê-se de repente dividida entre *dois* corpos, com eletrodos enfiados na carne. Joe administra o fluxo de entrada, cantarolando baixinho junto ao microfone. A trepidação passa e tudo fica OK de novo.

No quarto iluminado, a elfa fica de pé, lançando um olhar sedutor na direção da parede de vidro, e vai na direção de um cubículo transparente. Um banheiro, o que mais?

Ela é uma garota, está viva, e garotas vivas têm que ir ao banheiro depois de uma noite de sono, mesmo que seu cérebro esteja numa cabine de sauna no aposento ao lado. E P. Burke não está naquela cabine, ela está no banheiro. Tudo perfeitamente simples, se você entender que aquele circuito de treinamento está comandando seu sistema neural por controle remoto.

Vamos deixar esclarecer uma coisa. P. Burke não *sente* que seu cérebro está na cabine da sauna, ela se sente inteiramente dentro daquele corpinho lindo. Quando lava as mãos você sente que a água está correndo sobre seu cérebro? Claro que não. Você sente a água em suas mãos, embora a “sensação” na verdade não passe de um padrão potencial piscando na geleia eletroquímica que há entre as suas orelhas. Ele chega ali através de longos circuitos que emanam das mãos. E é assim que o cérebro de P. Burke sente a água correndo sobre as mãos lá no banheiro. O fato de que os sinais tiveram que transpor um espaço vazio no meio do trajeto não faz a menor diferença. Se está interessado no jargão, isso é conhecido como projeção excêntrica ou referência sensorial, e você vem fazendo isso durante a vida inteira. Ficou claro?

Está na hora de deixar a gostosinha praticando o uso do toalete — ela acabou de fazer o maior melê com a escova de dentes, porque P. Burke ainda não se acostumou com o que vê no espelho...

Mas espera aí, você diz. *E de onde veio o corpo dessa garota?*

P. Burke pergunta isso também, falando com dificuldade.

— Ah, eles são cultivados — responde Joe. Ele não dá a mínima atenção ao departamento de carne e osso. — D.P. Decantador Placental. Embriões modificados, entende? O implante dos controles é feito bem depois. Sem um operador remoto, ela não passa de um vegetal. Olhe os pezinhos... nem um calo sequer. (Ele sabe disso porque alguém lhe disse.)

— Oh... oh... ela é incrível...

— Sim, um trabalho classe A. Quer experimentar hoje o modo anda-e-fala? Você está pegando o jeito bem depressa.

E está mesmo. Os relatórios de Joe e os relatórios da enfermeira, do médico e do estilista são todos enviados para um homem peludo num andar acima, uma espécie de médico cibertécnico que na verdade é antes de tudo um administrador de projetos. Os relatórios dele, por sua vez, vão para... A mesa diretora da GTX? Certamente não. Por acaso você acha que este é um superprojeto? Os relatórios dele são meramente enviados para o andar de cima. A questão é que ele está dando sinal verde, sinal verde total. P. Burke é mais do que promissora.

De modo que o homem peludo, o dr. Tesla, precisa dar partida em alguns procedimentos. O dossiê da gatinha no Banco Central de Dados, por exemplo. Mera rotina. E depois o cronograma da fase introdutória é que vai colocá-la em cena. Isto é: uma pequena exposição inicial, num holoshow de uma rede de menor importância.

Em seguida, ele tem que programar o evento em que ela será descoberta e focalizada. Isso requer reuniões de orçamento, liberações, coordenação de atividades... O Projeto Burke começa a crescer e a arregimentar. E há o problema sempre chato de encontrar um nome, algo que causa no dr. Tesla certa dor numa região peluda.

O nome acaba surgindo por linhas tortas, quando de repente alguém descobre que o "P." de Burke significa "Philadelphia". Philadelphia? O astrólogo começa a fazer cálculos. Joe acha que isso pode facilitar a identificação. A garota de Semântica comparece com referências a "amor fraternal", o "Sino da Liberdade", "linha principal", "baixa teratogênese", blá-blá-blá. Finalmente, "Delphi" surge como uma opção cautelosamente aprovada. ("Burke" é substituído por alguma outra coisa que todos esquecem completamente.)

Tudo começa a se encaixar. Estamos agora no momento da primeira saída dela de sua suíte subterrânea, dentro do raio de alcance dos circuitos de treinamento. O peludo dr. Tesla está lá, na companhia de dois sujeitos orçamentários e de um homem tranquilo, paternal, que ele trata como se fosse feito de plasma incandescente.

Joe escancara a porta e ela entra timidamente.

A pequena Delphi, quinze anos e um corpo perfeito.

Tesla a apresenta aos demais. Ela é solene como uma criança, uma menininha linda a quem aconteceu algo tão maravilhoso que você se arrepia. Ela não sorri, ela... transborda. Essa alegria transbordante é tudo que revela a presença de P. Burke, a carcaça esquecida dentro da cabine de sauna no aposento ao lado. Mas P. Burke também não sabe que está viva: é Delphi quem vive, cada morno centímetro de que ela é feita.

Um dos sujeitos orçamentários emite um som libidinoso, mas no mesmo instante congela. O homem paternal, cujo nome é sr. Cantle, pigarreia.

— Muito bem, minha jovem, está pronta para começar a trabalhar?

— Sim, senhor — responde a elfa, muito séria.

— Vamos ver, então. Alguém já lhe explicou o que é que você vai fazer para nós?

— Não, senhor — Joe e Tesla soltam a respiração, sem fazer ruído.

— Ótimo. — Ele a examina com o olhar, procurando sinais da criatura muda no aposento vizinho. — Você sabe o que é *publicidade*?

Ele usa esse palavrão-tabu com a intenção de chocar. Os olhos de Delphi se arregalam e ela levanta o pequenino queixo. Joe está em êxtase diante da complexidade de expressões que P. Burke está conseguindo produzir. Sr. Cantle continua à espera.

— Bem... é quando eles viviam dizendo às pessoas para comprar coisas. — Ela engole em seco. — Agora é proibido.

— Isso mesmo. — Sr. Cantle inclina o corpo para trás, com uma expressão grave. — A publicidade, da maneira como era produzida antes, agora se tornou ilegal. "*Qualquer exibição, a não ser os usos legítimos do produto, com a intenção de promover a sua venda.*" No tempo antigo, os fabricantes eram livres para alardear seus produtos do modo que desejassem, nos lugares ou nos momentos que estivessem dentro do seu poder aquisitivo. Todos os meios de comunicação e a maior parte da paisagem era ocupada por essa extravagante disputa de anúncios. A coisa toda tornou-se economicamente inviável. O público se revoltou. Desde a promulgação da chamada Lei Huckster os vendedores viram-se restringidos a, abre aspas, anúncios no produto propriamente dito, visível durante seu uso legítimo ou em vendas regularmente efetuadas, fecha aspas. — Sr. Cantle inclinou-se para frente. — Agora me diga, Delphi, por que razão as pessoas compram um produto e deixam de comprar outro?

— Bem... — Uma encantadora expressão de perplexidade toma conta de Delphi. — Eles, hmmm, eles veem aquilo e gostam daquilo, ou eles ouvem outra pessoa falar? (Há um toque de P. Burke aqui: ela não disse "ouvem um amigo" falar.)

— Em parte, é isso. O que levou você, por exemplo, a contratar sua cirurgia cosmética?

— Eu nunca fiz uma cirurgia cosmética, senhor.

Sr. Cantle franze a testa; que tipo de sujeito eles andam contratando para funcionar como controle remoto?!

— Está bem. Que marca de água você bebe?

— Bebo água da torneira, senhor — diz Delphi com humildade. — Eu... eu nunca tentei ferver...

— Meu Deus do céu. — Ele faz uma careta. Tesla enrijece o corpo. — Bem, mas você a ferveria no quê? Em uma chaleira?

A cabecinha loura faz um sinal afirmativo.

— Que marca de chaleira você comprou?

— Eu não comprei nenhuma, senhor — diz a assustada P. Burke por meio dos lábios de Delphi. — Mas... eu sei qual é o melhor tipo. Ananga tem uma Burnbabi. Vi o nome quando ela...

— Exatamente! — O sorriso paternal de Cantle retorna pleno. A conta da Burnbabi é também uma conta lucrativa. — Você viu Ananga usando uma delas e achou que deveria ser uma coisa boa, não foi isso? E ela é boa porque, se não fosse, uma pessoa bacana como Ananga não a estaria usando. Cem por cento certo. E agora, Delphi, você sabe o que vai fazer para nós. Você vai mostrar alguns produtos. Não parece muito difícil, não é mesmo?

— Oh, não, senhor... — Um olhar desconcertado; Joe exulta.

— E você não deve nunca, *nunca* comentar com ninguém o que está fazendo. — Os olhos de Cantle atravessam a garota sedutora, vão direto na mente que a controla.

— Você deve estar imaginando por que lhe pedimos que faça isso. Há um motivo muito sério. Todos esses produtos que as pessoas usam, comida, medicamentos, panelas, máquinas de limpeza, roupas, automóveis... tudo isso é feito por *gente*. Alguém dedicou anos de trabalho para projetar e fabricar cada uma dessas coisas. Um homem tem, um belo dia, uma ideia para um novo produto. Ele precisa construir uma fábrica, comprar máquinas, contratar trabalhadores. Ótimo. Mas o que vai acontecer se as pessoas não ficarem sabendo que esse produto existe? O boca a boca é algo muito vagaroso, muito imprevisível. E pode ocorrer que ninguém tome conhecimento desse produto novo ou descubra o quanto ele é bom, certo? Nesse caso, o homem e todos os que trabalham para ele estarão falidos, certo? Então, Delphi, tem que existir *alguma maneira* de fazer com que um número muito grande de pessoas possa descobrir um novo produto. Mas como? Ora, mostrando que *você* usa o produto. Assim, você vai dar àquele homem uma chance.

A cabecinha de Delphi está assentindo, aliviada e feliz.

— Sim, senhor. Estou entendendo agora... Mas, senhor, parece uma coisa tão sensata, por que é que eles não deixam que...

Cantle dá um sorriso triste.

— Uma reação desproporcional, querida. A História é cheia de idas e vindas. Pessoas têm reações exageradas e acabam criando leis fora da realidade, leis muito duras, tentando reprimir uma coisa que não passa de um processo social muito comum. Quando isso acontece, as pessoas dotadas de algum entendimento precisam ir tocando o barco da melhor maneira possível, até que a maré vire de volta. — Ele suspira. — A Lei Huckster é cruel e desumana, Delphi, apesar de suas boas intenções. Se essa lei fosse seguida ao pé da letra seria o caos. Nossa economia, nossa sociedade inteira seria destruída. Estaríamos de volta ao tempo das cavernas!

— O fogo interior dele arde por inteiro agora. O fato é que se a Lei Huckster fosse seguida ao pé da letra, ele voltaria a digitar planilhas para algum banco de dados.

— É nosso dever, Delphi. Nosso dever solene para com a sociedade. Não estamos desobedecendo à lei. Você vai ser vista *usando* os produtos. Mas as pessoas vão compreender se tiverem capacidade. Vão ficar preocupadas, tal como você mesma ficou. De modo que você precisa ter o máximo cuidado em não revelar nada, nada disso, para quem quer que seja.

(E alguém vai ficar monitorando os circuitos verbais de Delphi com cuidado, com o máximo cuidado.)

— E assim estamos combinados, não é verdade? A nossa pequena Delphi aqui... — Ele está se dirigindo agora à invisível criatura no aposento ao lado. — A nossa pequena Delphi aqui está dando início a uma vida que vai ser vibrante, maravilhosa. Ela vai ser aquela garota que todo mundo quer acompanhar ao vivo. E vai usar produtos *top* de linha; as pessoas vão conhecer esses produtos, vão se alegrar, e isso vai ser uma ajuda enorme para o pessoal tão esforçado que cria tudo isso. Você vai estar dando uma imensa contribuição à sociedade. — Ele sobe o tom de gravidade do discurso; a criatura lá dentro deve ser um pouco mais velha.

Delphi digere esse falatório com uma seriedade encantadora.

— Mas, senhor, como é que eu vou poder...

— Não se preocupe com nada, nada. Você vai ter à sua volta uma equipe inteira cuja função é selecionar os produtos que você vai usar. E a sua função é fazer o que eles lhe disserem. Eles vão lhe mostrar a roupa que você deve usar em cada festa, os carros solares e os holovisores que você deve comprar, e assim por diante. É tudo que você precisa fazer.

Festas... roupas... carros!

A boquinha rosada de Delphi se entreabre. Enquanto isso, na cabeça de P. Burke, com dezessete anos de fome acumulada, a ética do patrocínio industrial bate asas e sai voando.

— Agora, Delphi, explique para mim, com suas palavras, qual vai ser o seu trabalho.

— Sim, senhor. Eu... eu vou às festas, vou comprar coisas, vou usar as coisas do jeito que me disserem e, com isso, vou ajudar as pessoas que trabalham nas fábricas.

— E o que foi que eu lhe disse, uma coisa muito importante?

— Oh. Eu não devo comentar nada disso com ninguém, sobre essas coisas.

— Certo. — Sr. Cantle, de fato, tem um parágrafo a mais, prontinho, para os casos em que um instrumento denota... bem... imaturidade. Mas no presente caso tudo que ele percebe é uma boa vontade imensa. Ótimo. Na verdade ele não gosta desse parágrafo adicional.

— Pensem numa garota de sorte: ela pode se divertir do jeito que gosta e ao mesmo tempo fazer o bem para o seu semelhante! — Ele dá um sorriso amplo, que envolve todo mundo ao redor. Cadeiras são empurradas para trás. Está na hora de encerrar.

Joe conduz Delphi até a saída com um sorriso escancarado. O pobre idiota acha que eles estão admirando a coordenação motora dela.

Chegou o momento de Delphi sair para o mundo, e a partir de agora os canais superiores vão entrar em funcionamento. Na esfera administrativa, contas e cronogramas serão ativados. No aspecto técnico, vai ser liberada toda a banda larga que estava de reserva. (Aquele casulo de energia, está lembrado?) Há um novo nome esperando por Delphi, um nome que ela nunca vai ouvir. É uma longa sequência binária que está circulando silenciosamente num tanque de memória da GTX desde que certa celebridade não acordou na manhã seguinte.

O nome pisca, entra em ação, dança pulsando enquanto passa de modulação em modulação, zumbe ao trocar de fase, e é projetado numa gigabanda na direção de um satélite em órbita sincrônica com a Terra, postado logo acima da Guatemala. Dali, os raios se espalham por trinta mil quilômetros por sobre o planeta, formando um campo de impregnação total de energias estruturadas capazes de abastecer qualquer ponto de recepção que venha a ser ativado em todo o quadrante Canadá-Estados Unidos.

Com esse campo, se você estiver na faixa de créditos adequada vai poder sentar-se num console GTX e operar uma máquina de extração de minério no Brasil. Ou, se você dispuser de algumas credenciais bastante simples, como por exemplo ser capaz de caminhar sobre as águas, vai poder enviar alguma coisa para as holocâmeras dos programas de várias redes, daqueles que rodam dia e noite em cada casa, dormitório e endereço ".rec". Ou talvez você possa criar um enorme engarrafamento de trânsito intercontinental. Assim, causa alguma surpresa o fato da GTX guardar esses canais como se fossem o Santo Graal?

O "nome" de Delphi aparece como uma minúscula não redundância analisável no interior do fluxo, e ela ficaria muito orgulhosa se tivesse como saber disso. Aos olhos de P. Burke pareceria mágica; P. Burke nunca chegou sequer a entender os robocarros. Mas Delphi não é um robô, em nenhuma acepção do termo. Pode chamá-la de *waldo*, se preferir. O fato é que ela é apenas uma garota, uma garota viva de carne e osso e com o cérebro numa localização anticonvencional. Um mero sistema *on-line* em tempo real, com alto índice de *bit-rate*. Como você e você.

A razão de ser de tanto *hardware*, que não chega a ser tanto *hardware* assim nesta sociedade, é fazer com que Delphi possa afastar-se daquela suíte subterrânea, e ser um ponto de demanda móvel sugando todo um campo de energia onipresente. E é isso que ela faz: quarenta e quatro quilos de tenra carne feminina, com osso e alguns componentes metálicos, caminhando rumo à luz do sol para ser conduzida à sua vida nova. Uma garota que tem tudo a seu favor, inclusive uma equipe médica pessoal a escoltá-la, caminhando de um jeito sedutor e parando para arregalar os olhos diante da imagem do imenso complexo de antenas que se vê no alto.

O simples fato de que uma coisa chamada P. Burke foi deixada lá embaixo no subterrâneo não tem nenhuma importância. P. Burke está totalmente distraída de si mesma e feliz como uma ostra em sua concha. (Sua cama já foi transportada para o aposento onde fica a cabine.) P. Burke não está na cabine: ela está desembarcando de uma aerovan numa fabulosa indústria de carne em conserva, em pleno Colorado, e seu nome é Delphi. Delphi está passando os olhos sobre bezerros Charoleses vivos, e choupos de verdade, e álamos dourados de encontro à cerração azul, e pisando em grama fresca quando caminha para receber as boas-vindas da esposa do gerente da fábrica.

A esposa do gerente está ansiosa para receber uma visita de Delphi e seus amigos, e por uma feliz coincidência, há uma equipe de holocâmeras em torno, gravando um especial para os amantes da natureza.

Você mesmo pode escrever agora o roteiro do que se segue, enquanto Delphi aprende algumas pequenas regras sobre interferências estruturais e como lidar com o pequeno *delay* de transmissão que resulta de haver agora um parêntesis de cerca de dez mil quilômetros em seu sistema nervoso. Está tudo certo: a equipe de holocâmeras acha, naturalmente, que as sombras dos álamos dourados ficam muito mais bonitas vistas em conjunto com um plano de Delphi vista de lado do que com um bezerro. E o rosto de Delphi também melhora as imagens das montanhas, quando é possível vê-las. Mas os amantes da natureza não estão tão felizes quanto seria de se esperar.

— A gente se vê em Barcelona, gatinha — diz o chefe da equipe com voz azeda quando começam a guardar o equipamento.

— Barcelona? — Ecoa Delphi, com aqueles charmosos segundos de demora subliminar. Ela percebe onde a mão dele está pousada e dá um passo para trás.

— Relaxa, não é culpa dela — diz outro homem, com voz cansada. Ele ajeita para trás o cabelo longo e grisalho. — Talvez eles deixem um restinho da xota.

Delphi fica olhando enquanto eles se afastam para guardar os rolos no transporte da GTX e iniciar o processamento. A mão dela vai até o seio que foi tocado pelo homem. Lá longe, no subsolo de Carbondale, P. Burke acaba de descobrir mais uma novidade em sua relação com o corpo de Delphi.

Sobre a diferença entre Delphi e a lamentável carcaça que é ela mesma.

Ela sempre soube que Delphi não tinha quase nenhum olfato ou paladar. Eles explicaram o porquê: a banda larga tem limites. E você não precisa sentir o gosto de um carro solar, precisa? Há também a leve insensibilidade de Delphi no que diz respeito ao tato — ela já se acostumou com isso também. Tecidos que iriam provocar arrepios na pele de P. Burke são sentidos por Delphi como uma película lisa de plástico.

Mas existem as lacunas, os trechos em branco. Ela demorou um pouco a percebê-los. Delphi não desfruta de muita privacidade: para um investimento dessas proporções, isso seria um luxo. De modo que leva algum tempo até ela perceber que há certos lugares específicos onde seu corpo animalesco, o corpo de P. Burke, *sente* certas coisas, mas a carne tenra de Delphi, não. Hmmmm... *Banda larga também*, pensa ela; e esquece, mergulhada no puro êxtase de ser Delphi.

Agora você pergunta como diabos uma garota pode esquecer uma coisa como essa? Veja bem, P. Burke está a uma distância imensa do que você imagina ser a garota típica, conceitual. Ela é uma fêmea sim, mas para ela sexo é uma palavra de quatro letras que se soletra D-O-R. Ela não é propriamente virgem. Você não precisa saber detalhes, mas ela tinha doze anos e os tarados estavam encharcados de drogas até o nervo óptico. Quando eles deram por encerrados os trabalhos, puseram-na para fora, com um pequeno buraco em sua anatomia e outro, de natureza mais mortal, num ponto difícil de localizar. Ela conseguiu se arrastar para tomar uma injeção, pela primeira e última vez, e ainda é capaz de ouvir a gargalhada incrédula do balconista.

Está vendo agora por que Delphi sorri, alongando seu corpinho deliciosamente entorpecido, banhado por um sol que ela mal sente? Ela sorri, dizendo: "Por favor, estou pronta".

Pronta para quê? Para Barcelona, como disse o homem de expressão azeda, onde sua produção audiovisual sobre a natureza está tendo sucesso na programação amadora do festival. Um prêmio certo! Como ele também disse, uma porção de buracos de mineradora e de peixes mortos tiveram que ser apagados, mas quem liga, com o rostinho de Delphi estando tão visível?

De modo que está na hora de esse rosto, sem falar nos outros atributos deleitáveis, ser visto na Playa Nueva, em Barcelona. O que implica mudar de canal, para o sincrossatélite EurAf.

Eles a embarcam durante a noite, de modo que a transferência se dá em nanossegundos e não é sequer percebida por aquela parte insignificante de Delphi que vive duzentos metros abaixo do solo em Carbondale, tão excitada que a enfermeira tem que praticamente obrigá-la a fazer uma refeição. A mudança de circuito é feita enquanto Delphi "dorme", ou seja, enquanto P. Burke está fora da sua cabine-*waldo*. Na próxima vez em que ela se plugar para abrir os olhos de Delphi não vai haver a menor diferença. Você percebe por quantas subestações seus telefonemas passam?

E agora vamos ao evento que transforma o torrãozinho de açúcar lá no Colorado na verdadeira PRINCESA.

Estamos falando literalmente: *ele* é um príncipe, ou pelo menos o Infante de uma antiga linhagem espanhola que se infiltrou na Neomonarquia. É também um homem de oitenta e um anos, apaixonado por pássaros — do tipo que a gente vê nos zoológicos. E agora, surgiu a revelação de que ele não é pobre. Pelo contrário: sua irmã mais velha ri na cara do advogado encarregado de pagar seus impostos e passa a restaurar a velha *hacienda* da família, enquanto o Infante sai com seu passinho vacilante para fazer a corte a Delphi. E a pequenina Delphi começa então a viver a vida dos deuses.

E esses deuses, fazem o quê? Bem, eles fazem tudo que envolve beleza. Mas (lembra-se do sr. Cantle?), a questão principal é esta: coisas. Você já viu por acaso algum deus de mãos vazias? Você não pode ser um deus sem ter ao menos um cinturão mágico ou um cavalo com oito patas. Só que no tempo antigo, bastavam algumas tabuinhas de pedra ou um par de sandálias aladas ou uma carruagem puxada por virgens para satisfazer um deus pelo resto da vida. Acabou! Deuses, hoje em dia, vivem em função da novidade. No tempo de vida de Delphi, a busca por quinquilharias divinas está virando terras e mares pelo avesso, e estendendo garras famintas na direção das estrelas. E tudo que é possuído pelos deuses é desejado pelos mortais.

Dessa maneira, Delphi dá início a uma orgia de compras através do Euromarket, escoltada pelo seu Infante, dando tudo de si para evitar o colapso da sociedade.

O colapso do quê? Não ouviu quando o sr. Cantle falou sobre um mundo onde a propaganda foi proibida e quinze bilhões de consumidores vivem grudados nos seus programas de holovisão? Um único deus, caprichoso, voluntarioso, pode levar você à ruína.

Veja o caso do verdadeiro massacre que foram os filtros nasais. Durante anos e anos a indústria ralou para conseguir desenvolver um filtro enzimático quase invisível. E, então, um belo dia, um casal de deuses do mundo *pop* aparece usando filtros nasais que não são outra coisa senão *enormes morcegos roxos*. No fim daquela semana o mercado estava gritando por morcegos roxos em volta de todo o globo. Dentro de pouco tempo a onda se transferiu para cabeças de pássaros e depois para caveiras, mas quando a indústria conseguiu, por fim, se aparelhar o furor já tinha deixado para trás as cabeças de pássaro e tinha se transferido para injeções no globo ocular. Sangue no olho!

Multiplique isso por um milhão de indústrias voltadas para o consumo e dá para ver como é econômico dispor de um punhado de deuses mantidos sob controle. Especialmente com a gorda fatia de verba destinada pelo Departamento da Paz para pesquisas espaciais, o fato é que os contribuintes estão muito satisfeitos em colaborar, sabendo que ela se destina à GTX, que a esta altura todo mundo considera quase como um serviço de utilidade pública.

E é assim que você, ou melhor, que a GTX, encontra uma criatura como P. Burke e lhe dá uma Delphi de presente. E Delphi ajuda a manter a casa em ordem; ela faz tudo que lhe digam para fazer. Por quê? É verdade, o sr. Cantle nunca chegou a finalizar seu discurso.

Mas começam a chegar testes que mostram o narizinho de botão de Delphi bem visível, numa torrente de notícias e de matérias de entretenimento. Ela começa a ser notada. O controle de *feed back* mostra que uma verdadeira horda de espectadores aumenta o som dos alto-falantes quando essa garotinha saudável se enrosca nas joias coloidais que acabou de ganhar de presente. Ela também é flagrada em algumas cenas importantes, e quando o Infante lhe compra um carro solar, a pequena Delphi se instala ao volante e vira uma tigresa. Há uma resposta bastante palpável nas regiões mais elevadas do mundo do crédito. O sr. Cantle cantarola uma musiquinha satisfeita ao estender o braço para cancelar uma opção para ela numa *subnet* qualquer de Benelux, onde Delphi deveria aparecer num programa nudista de culinária intitulado *Vênus na frigideira*.

E agora vamos à supercerimônia de casamento ao velho estilo! A *hacienda* dispõe de banhos turcos, candelabros de prata com dois metros de altura e cavalos reais de pelo negro, e toda a festa conta com a bênção do Vaticano espanhol. O evento de encerramento é um grande baile no estilo *gauchesco*, com o velho príncipe e a jovem infanta assistindo tudo do alto de uma varanda-caramanchão. Ela surge ali como uma boneca, deslumbrante, envolta em rendas prateadas, arremessando pombinhas de brinquedo para seus novos amigos que se acotovelam lá embaixo.

O Infante sorri com o rosto inteiro e de vez em quando franze o nariz para captar melhor o perfume da excitação que ela sente. O médico dele tem sido mais que prestativo. Certamente, agora que ele teve tanta paciência com os carros solares e todas aquelas bobagens...

A garota ergue os olhos para ele e diz algo ininteligível... Breath? Deve estar se referindo à respiração em inglês? Ele entende confusamente que ela se queixa dos três cantores por cuja presença insistiu tanto.

— Eles mudaram! — Diz ela, maravilhada. — Não foi? Estão horríveis. Estou tão feliz agora!

E Delphi tomba desmaiada sobre a mobília gótica.

Sua criada estadunidense corre em seu socorro, pede ajuda. Os olhos de Delphi estão abertos, mas Delphi não está ali. A criada manuseia algo por entre os cabelos de Delphi, dá-lhe tapinhas no rosto. O velho príncipe arreganha um sorriso. Ele não faz ideia de quem ela seja, além de uma bela solução para seus problemas com o imposto de renda, mas a verdade é que na juventude ele foi um falcoeiro. Vem à sua mente a imagem daqueles pequenos pássaros de asinhas cortadas que são jogados para cima a fim de excitar os falcões. Ele enfia no bolso a garra de veias azuladas para a qual tinha programado certos deleites naquela noite e se retira para examinar a planta de seu novo aviário.

Delphi parte também, cercada de sua equipe, para o iate recém-descoberto do Infante. O problema não é muito sério. O problema é que a dez mil quilômetros de distância e duzentos metros de subsolo P. Burke está se saindo melhor do que era esperado.

Eles sempre souberam que ela tem um talento sensacional. Joe diz a todos que nunca viu um Remoto assimilar os processos com tal rapidez. Sem desorientações, sem rejeições. O psicomédico fala a respeito de autoalienação. Ela mergulha em Delphi como um salmão no mar.

Ela não está dormindo nem comendo direito. Eles não conseguem mantê-la fora da cabine para que seu sangue circule. Começam a surgir necroses naquela bunda repugnante. Crise!

Delphi mergulha num longo “sono” no iate, enquanto as pessoas martelam no juízo de P. Burke a noção de que ela está colocando Delphi em perigo.

(É a enfermeira Fleming quem tem essa ideia, e desse modo acaba alienando o psicomédico.)

Eles aparelham uma piscina não longe dali (mais uma vez a enfermeira Fleming) e fazem P. Burke praticar voltas. Ela adora. Assim, quando volta a ser plugada, Delphi adora também. E todo começo de tarde, junto aos hidrofólios do iate, Delphi está dando braçadas, linda e maravilhosa, naquele mar azul (e foi preciso explicar-lhe que ele não pode ser bebido). E todas as noites, do outro lado da esquina do mundo, uma pessoa feia e desconjuntada está simultaneamente bracejando dentro de sua caverna subterrânea, numa piscina de água esterilizada.

De modo que, no momento adequado, o iate bate asas com Delphi, na direção do programa que o sr. Cantle tem à sua espera. É um projeto a longo prazo: ela tem diante de si pelo menos duas décadas de vida útil. A Fase Um exige que ela entre em contato com uma turma de jovens super-ricos que vivem numa festa móvel entre Brioni e Jacarta, onde um concorrente chamado PEV pode cooptá-los.

É uma operação de rotina dentro dessa faixa de luxo: sem nada de político, nada de programático, e os principais itens do orçamento são o título de nobreza e o iate, que no fim das contas estava ocioso. O enredo indica que Delphi vai até lá para aceitar alguns pássaros raros para seu príncipe — e quem está ligando? A *questão* é que a região do Haiti não está mais radioativa, e — surpresa! — os deuses estão lá. Como também estão por lá diversas instalações do "Carib West Happy Isles" que podem arcar com as taxas da GTX, e na verdade duas delas são subsidiárias da GTX.

Mas não fique imaginando que todas essas pessoas de capa de revista são dublês plugados em controle remoto, por favor. Ninguém precisa ter muitos deles; basta saber encaixá-los nos pontos estratégicos. Delphi pergunta isso a Joe quando ele desembarca em Barranquilla para examiná-la e ver se está tudo indo bem. (A boca de P. Burke faz tempo que não dá uma palavra.)

— Existem muitos como eu?

— Ninguém é como você, minha flor. Mas me diga uma coisa, ainda está sentindo interferência de Van Allen?

— Eu quero saber: tipo, Davy. Ele é um Remoto?

(Davy é o rapaz que a está ajudando a reunir os pássaros. Um rapaz ruivinho, sincero, que precisa de um pouco mais de visibilidade.)

— Davy? Ele é um dos garotos de Matt, um *psicojob* qualquer. Ele não tem canal.

— Quem são os de verdade? Djuna Van O, ou Ali, ou Jim Ten?

— Djuna nasceu com um pacote básico da GTX no lugar do cérebro e, aqui para nós, ela é um porre. Jim só faz o que o astrólogo dele permite. Olhe aqui, gatinha, de onde você tirou essa ideia de que você não é real? Você é a mais real desses todos. Não está se divertindo?

— Ah Joe! — Ela joga os bracinhos em volta dele e do seu analisador de rede. — Ah, *me gusta mucho, muchísimo*!

— Ei, ei — diz ele. Dá uns tapinhas de leve nos cabelos louros dela, enquanto dobra e guarda o analisador.

Cinco mil quilômetros ao norte dali e duzentos metros abaixo da superfície, um corpanzil esquecido sorri de alegria no interior de uma carapaça às escuras.

E ela *está* se divertindo. Já pensou acordar do pesadelo de ser P. Burke e se ver transformada num periférico, numa estrela? Estar num iate em pleno paraíso sem nada mais a fazer senão se enfeitar e se divertir com brinquedos e comparecer a festas e encontrar amigos — ela, P. Burke, tendo amigos! —, precisando apenas virar para as holocâmeras na hora certa? Maravilha!

E tudo isso transparece. Basta olhar para Delphi e os espectadores ficam sabendo: SONHOS PODEM SE TORNAR REALIDADE.

Vejam como ela passa na garupa da *aquabike* de Davy, levando consigo uma arara apoplética presa a uma argola de prata. *Oh, Morton... Vamos para lá no inverno!* Ou como ela aprende a respeito da cinchona do Japão, com aquele grupo que veio de Kobe, usando um vestido que parece o jato de um lança-chamas subindo de um joelho, e que deverá vender muito no Texas. *Morton, aquilo é fogo de verdade?* Ah, garota feliz, garota feliz.

Davy. Ele é o parceiro dela, seu menino, e ela adora ajudá-lo a arrumar seu cabelo ruivo e dourado. (P. Burke, em pleno maravilhamento, correndo os dedos de Delphi por entre os caracóis.) Claro que Davy é um dos rapazes de Matt — não é propriamente impotente, mas tem uma libido lá embaixo. (Ninguém sabe exatamente o que Matt consegue fazer com seu orçamento minúsculo, mas os rapazes são úteis e um ou dois deles chegaram mesmo a adquirir certo renome.) Ele é perfeito para Delphi; na verdade, o psicomédico permite que ela o leve para a cama, como dois gatinhos dormindo no mesmo cesto. Davy não se incomoda com o fato de que Delphi "dorme" como se tivesse morrido, nos momentos em que P. Burke é retirada do *waldo* lá em Carbondale, para dar um pouco de atenção às próprias necessidades depressivamente corporais.)

Há uma coisa engraçada a esse respeito. Durante a maior parte do seu período de sono Delphi não passa de um pequenino e belo vegetal pulsante, à espera de que P. Burke seja colocada de volta nos controles. Mas de vez em quando Delphi, entregue a si mesma, começa a sorrir um pouco ou a se mexer durante o "sono". E houve uma vez em que ela sussurrou muito de leve: "Sim".

Lá em Carbondale, P. Burke não sabe de nada a respeito disso. Está dormindo também, sonhando com Delphi, e com o que mais sonharia? Mas se o peludo dr. Tesla tivesse escutado aquela simples sílaba seus arbustos teriam embranquecido no mesmo instante. Porque Delphi ESTAVA DESLIGADA.

Ele não sabe. Davy é opaco demais para perceber qualquer coisa, e o chefe da equipe de Delphi, Hopkins, não estava monitorando o sono dela nessa ocasião.

E agora eles todos têm algo mais para ocupar suas mentes, porque o tal vestido de fogo vermelho já vendeu mais de um milhão de unidades, e não só no Texas. Os computadores da GTX já estão sabendo de tudo. Quando relacionam isso com um pequeno aumento na demanda por araras no Alaska, o problema desperta a atenção humana: Delphi tem algo de especial.

Sim, é um problema, porque Delphi está direcionada para um nicho específico de consumidores. E agora revela-se que ela tem um potencial *pop* de massa — está vendendo araras em Fairbanks, *pelamor*! Seguir com ela assim é o mesmo que matar ratazanas com um míssil balístico. Trata-se agora de um jogo em outra escala. O dr. Tesla e o paternal sr. Cantle começam a circular pelos corredores do quartel-general e a almoçar juntinhos todas as vezes que conseguem despistar um rapaz com cara de fuinha, de nível sete, que deixa ambos inquietos.

Afinal, decidem que Delphi deverá ir de navio para um reduto no Chile coberto pelas holocâmeras da GTX que transmitem uma novela em horário nobre. (Nem se dê o trabalho de perguntar por que razão uma Infanta precisa trabalhar como atriz.)

O complexo de holocâmeras ocupa duas montanhas inteiras, numa área onde antigamente um observatório tirava proveito da atmosfera cristalina. Conchas ambientais para hologravações são locações muito caras e eletronicamente superestáveis. Dentro daqueles espaços os atores podem se mover à vontade sem perder a conexão, e a cena inteira, ou qualquer parte dela que seja selecionada, estará sendo exibida em perfeita terceira dimensão, tão realisticamente que será possível espreitar dentro das narinas deles, com uma imagem muito mais densa do que se pode conseguir com equipes móveis de filmagem. É possível ampliar um peitinho até três metros de altura quando na atmosfera em volta não ocorre muita agitação molecular.

Aquele ambiente parece com... Bem, pense em tudo que você sabe sobre Hollywood-Burbank. Pensou? Jogue no lixo. O que Delphi avista quando desembarca ali se parece com uma gigantesca plantação de cogumelos, cúpulas de todos os tamanhos, até as cúpulas gigantes que são usadas para jogos e sabe-se lá o que mais.

Tudo em perfeita ordem. A ideia de que a arte depende de exuberância criativa foi torpedeada há muito tempo quando se provou que a arte precisa é de computadores. Porque o atual *showbiz* tem algo que Hollywood e a televisão jamais tiveram — *feedback de audiência automaticamente transmitido.* Amostras, índices, críticas, pesquisas? Esqueça. Com esse casulo de energia você pode receber em tempo real a leitura das reações do público de cada aparelho receptor de todo o globo, diretamente na sua mesa de controle. E tudo isso começou como uma coisa destinada a dar ao público um pouco mais de influência sobre o conteúdo da programação.

Isso mesmo.

Tente você. Sente-se aqui diante dos controles. Escolha a fatia de público de sua preferência, por sexo, idade, grau de instrução, economia, etnia, o escambau, e comece. Não tem erro. Nos pontos em que o *feedback* esquentar, aumente a intensidade. Está morno... está esquentando... está QUENTE! Você tocou no ponto certo, a coceira por baixo de cada pele, o sonho dentro de cada coração. Você não precisa saber que nome isso tem. Com sua mão controlando o influxo e seus olhos lendo as medições, você tem o poder de fazer alguém sentir-se um deus... e alguém faz com você a mesma coisa.

Mas Delphi não enxerga nada senão os arco-íris quando atravessa os portais desmagnetizadores e relés e lança seu primeiro olhar para o interior daquelas conchas ambientais. No instante seguinte cai sobre ela uma horda de estilistas e técnicos, e medidores de milissegundos por toda parte. O feriado tropical acabou. Ela agora está sendo arrastada na correnteza dos gigadólares, está entrando no funil do estômago dessa imensa mangueira que despeja imagens e sons, e carne e sangue, e soluços e risadas e sonhos *reais* na cabeça feliz da humanidade. A pequenina Delphi está caindo de bunda em um zilhão de lares em horário nobre e nada, *nada* pode ser deixado ao Acaso. Vamos trabalhar!

Delphi mais uma vez se mostra à altura. Claro que, no fundo, trata-se de P. Burke no seu subterrâneo em Carbondale mandando ver, mas quem vai se lembrar dessa carcaça? Ninguém, muito menos a própria P. Burke, que não fala com a própria boca há meses. Delphi nem sequer se lembra de ter sonhado com ela depois que acorda.

Quanto à novela em si, não se preocupe. Já está no ar há tanto tempo que nenhum ser vivente seria capaz de resumir seu enredo. O papel-teste de Delphi tem alguma coisa a ver com uma viúva e a amnésia do irmão de seu falecido esposo.

A coisa pega fogo quando os indicadores de Delphi começam a piscar ao longo da mangueira luminosa que envolve o mundo e seu *feedback* aparece. Sim, você adivinhou. É sen-sa-ci-o-nal! Como você mesmo diria, as pessoas SE IDENTIFICAM.

Os gráficos na verdade dizem que em termos de InskinEmp a coluna de porcentagens de Delphi mostra como ela afeta não apenas a população com cromossomo-Y mas também as mulheres — e tudo que existe entre uns e outras. É o prêmio acumulado de uma loteria do outro mundo, de uma chance em um milhão.

Lembra-se da deusa Jean Harlow? Sim, claro. Era um pecado ambulante. Mas por que razão aquelas donas de casa azedas residentes em Gary ou em Memphis achavam que aquela sereia platinada e de sobrancelhas extravagantes era *a filhinha de mamãe*, e escreviam longas cartas explicando a Jean que nenhum daqueles maridos estava à altura dela? Por quê? Os analistas da GTX também não sabem, mas sabem muito bem o que fazer quando essas coisas acontecem.

(Lá longe, no santuário dos passarinhos, o velho Infante contempla aquelas cenas, sem a ajuda de computadores, e observa pensativo sua noiva em trajes de viúva. Talvez seja bom, pensa ele, acelerar a conclusão dos seus estudos.)

Toda essa excitação se alastra até o subsolo em Carbondale, onde P. Burke recebe dois exames médicos em uma semana e um eletrodo defeituoso é substituído. A enfermeira Fleming também recebe um novo assistente, um rapaz que não liga muito para enfermagem em geral, mas demonstra grande interesse em entradas de acesso e crachás de identificação.

No Chile, a pequenina Delphi recebe um upgrade para novas instalações residenciais no meio das outras estrelas e um micro-ônibus personalizado que a conduz até o local de trabalho. Para Hopkins, há um novo terminal de computadores e um assistente em tempo integral para sua agenda. Mas sua agenda está cheia do quê?

Coisas.

E é aqui que começa o problema. Você provavelmente já vinha percebendo desde o início.

— Mas o que diabo ela pensa que é, uma representante do consumidor? — O rosto paternal do sr. Cantle, em Carbondale, está todo contorcido.

— A garota está perturbada — diz a srta. Fleming, obstinadamente. — Ela *acredita* nisso, ela acredita no que o senhor mesmo lhe falou sobre ajudar as pessoas e sobre produtos de boa qualidade.

— Os produtos *são* de boa qualidade — retruca o sr. Cantle automaticamente, mas sua irritação agora está sob controle. Ele não chegou na posição que ocupa porque tem reações irrelevantes.

— Ela diz que o uso do plástico lhe dá brotoejas e que as pílulas a deixam tonta.

— Deus do céu, ela *não precisa* engolir aquilo — interfere o dr. Tesla, agitadíssimo.

— O senhor quem disse que ela deveria usar — insiste a srta. Fleming.

Sr. Cantle está muito ocupado tentando imaginar uma maneira suave de comunicar o problema ao rapaz com cara de fuinha. O que é isso, afinal, uma galinha que põe ovos de ouro?

Seja o que for que ele veio a comunicar no nível sete, lá no Chile os produtos prejudiciais desaparecem. E um símbolo aparece encimando a matriz relativa a Delphi, um símbolo que em linhas gerais significa *tentar equilibrar a resistência da unidade com relação aos índices de RP.* Quer dizer que as reclamações de Delphi serão toleradas na medida em que sua Resposta *Pop* permaneça acima de certo nível. (O que pode acontecer quando ela ficar *abaixo* não nos interessa por enquanto.) A título de compensação, o preço do seu tempo de exposição acaba de subir novamente. Ela pertence ao elenco fixo do programa agora, e a reação positiva do público continua subindo.

Veja, ali está ela, onde os *lasers* convergem e fervilham, numa cúpula de holocâmeras onde foi cenografado um acidente de estrada. (A novela está recebendo um figurante que veio *merchandar* uma escola de acupuntura.)

— Não acho que essa nova cirurgia cosmética seja segura — Delphi está dizendo. — Ela deixou uma manchinha azul esquisita em mim... Olhe aqui, sr. Vere.

Delphi retorce o corpo para mostrar o local onde foi implantado o minipack anti-gravitacional, que lhe produz aquela deliciosa sensação de flutuar sem peso.

— É só não deixar ligado, Del. Com esse seu corpo... Vamos, olhe para a plataforma, estamos entrando em sincro.

— Mas se eu não estiver usando, não vai ser honesto. Eles deviam isolar melhor, alguma coisa assim, não era isso?

O astro da novela, um paizão idoso e querido, que é a vítima na cena, dá uma risadinha sarcástica.

— Pode deixar, vou falar com eles — murmura o sr. Vere. — Vamos fazer o seguinte: quando você recuar alguns passos, basta se inclinar... assim... e ele aparece, certo? E deixe por alguns segundos.

Delphi se vira, obediente, e seus olhos meio ofuscados pelo sol forte se encontram com um estranho par de olhos escuros. Ela aperta as pálpebras. Um jovem está zanzando em volta, aparentemente esperando o momento de usar o cenário.

Delphi já se acostumou, a esta altura, com o fato de que os homens jovens a fitam com as expressões mais peculiares, mas não está pronta para o que esse olhar lhe produz. Um choque de alguma coisa sombria e que sabe de *algo*. Segredos.

— Os olhos! Os olhos, Del!

Ele começa a executar os gestos rotineiros e de vez em quando manda um olhar furtivo para o estranho. Ele a olha de volta. Ele sabe de alguma coisa.

Quando a equipe a libera, ela se aproxima dele, timidamente.

— Vivendo perigosamente, hein, garota? — A voz dele é fria, mas há um calor por baixo.

— Como assim?

— Botando defeito nos produtos. Quer ser degolada?

— Mas o produto está com um problema — diz ela. — Eles não sabem, mas eu sei, sou eu que estou usando.

A calma dele leva uma sacudida.

— Você está é doida.

— Eles vão ver que eu tenho razão quando examinarem — ela explica. — Agora todo mundo está ocupado. Quando eu mostrar que...

Ele está com os olhos pregados no seu rostinho de flor. Sua boca se abre e se fecha novamente.

— Mas o que você está fazendo mesmo aqui nesse lixo? Quem é você?

Com olhos surpresos ela diz:

— Sou Delphi.

— Santo Zen.

— Qual é o problema? Quem é você?

Pessoas da equipe dela começam a levá-la embora e o cumprimentam.

— Desculpe interromper, sr. Uhn-uhn — diz a continuísta.

Ele resmunga alguma coisa que não dá para ouvir, enquanto os assistentes ajudam Delphi a subir para um carrinho enfeitado de flores.

(Escutou esse ruído de um mecanismo de ignição sendo engatilhado?)

— Quem é ele? — pergunta Delphi ao cabeleireiro.

O cabeleireiro está dobrando e endireitando os joelhos alternadamente enquanto cuida dela.

— Paul. Isham. III — diz ele, e prende o pente com a boca.

— E o que é isso? Não entendi.

O cabeleireiro fala de forma indistinta, com o pente na boca, dizendo algo como "*tá* brincando?". Tem que estar, não é mesmo? Para alguém que está vindo lá da cúpula da GTX...

No dia seguinte, é possível avistar um rosto moreno e ardente sob o turbante de uma toalha, quando Delphi e o paraplégico do programa descem para usar a piscina carbonada.

Ela fica olhando.

Ele fica olhando.

E no dia seguinte, a mesma coisa.

(Escutou o sequenciador automático em ação? O sistema se acoplou, o combustível começa a fluir.)

Pobre sr. Isham Sênior. Temos que lamentar a sorte de um homem que valoriza a ordem acima de tudo: quando ele procria, sua informação genética ainda é transmitida à velha maneira antropoide. Num instante você é um pirralhinho feliz brincando com um pato de borracha; você pisca o olho e aí está esse desconhecido, um cara enorme, de emoções opacas, andando sabe Deus com quem. Perguntas são feitas em situações em que não há nada o que perguntar, além de explosões de indignação moral. Quando esses fatos são comunicados ao papai — isso leva algum tempo naquelas salas de reuniões — ele faz o que está ao seu alcance, mas sem o elixir da imortalidade o problema é preocupante.

E o jovem Paul Isham é um verdadeiro urso. É inteligente, articulado e tem uma alma cheia de ternura, em atividade incessante. Tanto ele quanto seus amigos são revoltados com o mundo que seus pais criaram. Paul não precisou de muito tempo para descobrir que a casa do *seu* pai tem muitas moradas, e que mesmo os computadores da GTX não são capazes de conectar todas as coisas do mundo.

Ele fareja em volta até descobrir um velho projeto que pode ser descrito como Patrocinando a Criatividade Marginal (a equipe *freelancer* que descobriu Delphi é mantida com essa verba). Com isso, um rapaz inteligente, que ostenta o sobrenome Isham, consegue pôr as mãos num valioso pacote de equipamentos holocam que pertencem à GTX.

De modo que aqui está ele, com seu grupo, no sopé da montanha com sua floresta de cogumelos, atarefado com a gravação de um programa que não tem nada a ver com a novela de Delphi. É um programa calcado em técnicas bizarras e distorções inquietantes, prenhes de protesto social. Algo que você chamaria de "uma produção *underground*".

Tudo isso é do conhecimento do pai dele, é claro, mas até agora não fez outra coisa senão tornar ainda mais profundas as rugas de preocupação na testa de Isham Sênior.

Até Paul conhecer Delphi.

Quando, por fim, isso chega ao conhecimento de Papai, o par hipergólico já entrou em contato e as descargas de energia estão se espalhando em todas as direções. Porque Paul, sabe, é a autenticidade em pessoa. Ele é sério. Ele sonha. Ele inclusive lê. Por exemplo, ele leu *Verdes Moradas*[1] — e chorou con-

1 *No romance de William Henry Hudson (1904), um norte-americano perdido na Amazônia encontra Rima, uma adolescente branca, a última remanescente de um povo místico. Ele se apaixona e tenta resgatá-la, mas isso a expõe aos indígenas locais, que a queimam viva.* [NE]

vulsivamente quando aqueles criminosos queimaram Rima viva.

Quando ouve os comentários de que uma bundinha nova da GTX está fazendo o maior sucesso, ele torce o nariz e esquece. Está ocupado. Ele nunca liga o nome à pessoa, àquela garotinha esboçando um protesto tímido, inútil, no cenário das holocâmeras. Aquela garota tão estranha. Tão simples.

Ao chegar mais perto e olhar nos olhos dele, tudo que ele consegue ver é Rima, a Rima perdida para sempre, a garota-ave encantada; o coração tão humano que bate no peito dele vibra com mais força.

E então se revela que aquela "Rima" é a tal da Delphi.

Está precisando de um mapa? Veja só a perplexidade. A rejeição daquela dissonância que pode ser expressa como "Rima-garota-de-programa-da-GTX-de-Meu-Pai". Que merda! Não, não pode ser.

Uma volta na piscina só para checar se o golpe é esse mesmo... olhos escuros se cravando num deslumbramento de olhos azuis... um papo rápido, frases desajeitadas... e a terrível reorganização de sua imagem mental: Rima-Delphi *está nos tentáculos do meu pai...*

Não, você não precisa de um mapa.

O mesmo para Delphi, a garota que era apaixonada por seus deuses. Ela já pôde ver com os próprios olhos a carne divina de que eles são feitos, já ouviu as vozes deles, sem amplificação, chamando-a pelo nome. Já participou de seus jogos divinos, já usou suas coroas de flores. Ela já se tornou uma deusa por si mesma, mesmo que não consiga acreditar. Ela não está desencantada; nem pense nisso. Ainda está repleta de amor. Acontece que uma esperança insensata ainda não...

Bem, é possível pular toda essa parte, quando a garota apaixonada caminha pela estrada de tijolos amarelos e ali encontra um Homem. Um homem de verdade, ardendo na fúria da própria compaixão, preocupado com a justiça e estendendo para ela aqueles braços masculinos, e... Bum! Ela agora o ama com todo o seu coração.

Um sonho feliz, hein?

Só que não.

Na realidade é P. Burke, a milhares de quilômetros dali, que está apaixonada por Paul. Sim... P. Burke, a monstra no fundo de um porão, fedendo a pasta de eletrodos. Uma caricatura de mulher, mas que está queimando, derretendo, na obsessão plena de um amor de verdade. Ela se esforça para tocar seu amado através de trinta mil quilômetros de vácuo, através da carne de uma garota, isolada por uma película invisível. Ao sentir os braços dele em volta do corpo que ele imagina ser o seu, ela luta, no meio das sombras, para entregar-se a ele — tentando sentir algum gosto, algum cheiro dele através daquelas narinas mortas, amá-lo de volta com um corpo que continua morto no centro de uma fogueira.

Dá para imaginar o estado de espírito de P. Burke?

Ela tem fases. Primeiro, a tentativa. Depois, a vergonha. A VERGONHA. *Eu não sou a pessoa que você ama.* E uma tentativa mais desesperada. E a consciência de que não, não há jeito possível, nenhum mesmo. Nunca. Nunca... Não é um pouco tardia essa percepção dela de que o trato que fez foi para sempre? P. Burke devia ter prestado mais atenção naquelas histórias antigas sobre mortais que acabam transformados em gafanhotos.

Já dá para ver o resultado: a canalização de toda essa agonia num único impulso protoplásmico para se fundir com Delphi. Fugir dali, deixar para trás aquele animal a que vive acorrentada. Tornar-se Delphi.

Claro que não é possível.

Mesmo assim, seus tormentos têm um efeito sobre Paul. Delphi-que-é-Rima é um objeto amoroso dos mais atraentes, e a tarefa de libertar a mente de Delphi requer dele horas e horas de pacientes explicações sobre tudo que há de podre no mundo. Pode juntar a isso a disposição de Delphi em adorar o corpo dele, já que ela arde no fogo do coração selvagem de P. Burke. Não admira que Paul se deixe arrebatar.

E isso não é tudo.

Neste momento, os dois estão passando juntos todas as horas livres de que dispõem, e outras não tão livres assim.

— Sr. Isham, o senhor se incomoda de não aparecer nesta cena esportiva? O roteiro prevê a presença de Davy.

(Davy ainda está em ação; sua visibilidade tem sido positiva.)

— Que diferença faz? — diz Paul bocejando. — É só uma propaganda. Não estou tapando essa coisa aí.

Silêncio, em choque, diante do palavrão polissilábico. A continuísta engole em seco com bravura.

— Perdão, senhor, nossas instruções são para gravar a cena exatamente como foi escrita. Tivemos que refazer os segmentos da semana passada. Sr. Hopkins está muito zangado comigo.

— E quem diabo é Sr. Hopkins? Cadê o cara?

— Oh, por favor, Paul... Por favor...

Paul se desenrosca dela, afasta-se gingando. A equipe checa a posição das holocâmeras, com nervosismo. Os diretores da GTX têm uma verdadeira fobia de ver uma câmera apontada para si ou para seus parentes. Os técnicos suam frio só em pensar que a imagem de um Isham quase foi ao ar, em cadeia mundial, bem ao lado de um Disque-Lasanha.

Pior. Paul não tem o menor respeito pelos sagrados cronogramas que agora constituem o trabalho em tempo integral do sujeito com cara de fuinha lá no andar de cima. A toda hora ele esquece de trazer Delphi de volta na hora marcada, e o pobre Hopkins está um trapo.

Assim, não demora até o escritório central enviar um memorando urgente para o senhor Isham Sênior. Primeiro eles tentam com diplomacia.

— Paul, hoje não posso.

— Por que não?

— Eles dizem que preciso estar lá, é importante.

Ele acaricia a penugem dourada um pouco acima das nádegas dela, e lá em Carbondale, Pensilvânia, uma mulher-toupeira estremece no escuro.

— "Importante... tem muita importância..." O que querem é faturar. Você não percebe? Para eles, você é apenas um utensílio de faturamento. Uma vendedora ambulante. Vai permitir que façam com você o que bem entendem, Del? Vai mesmo?

— Oh, Paul...

Ele não sabe, mas está contemplando um fenômeno inexplicável. Um Remoto não está programado para derramar lágrimas.

— É só dizer que não, Del. "Não!" É a sua integridade. Você tem que fazer assim.

— Mas ele disse que é meu trabalho...

— Você acha que eu não sou capaz de cuidar de você, Del... Meu amor, meu amor... você está deixando que eles estraguem tudo entre nós. Vai ter que escolher. Diga a eles que não.

— Paul, eu... eu... sim...

E é o que ela faz. Que coragem da pequena Delphi! (E insanidade de P. Burke!) Ela diz: "Não, não vou poder, eu prometi a Paul".

Eles fazem outra tentativa, ainda ao modo diplomático.

— Paul... Sr. Hopkins me explicou por que razão eles não querem que nós fiquemos tanto tempo juntos. É por causa de quem você é, do seu pai.

Ela provavelmente imagina que o pai dele é alguém no patamar do sr. Cantle.

— Ah, beleza. Hopkins, não é? Vou dar um jeito nele. Olhe, não tenho tempo a perder com Hopkins agora. Ken chegou de viagem hoje. Ele descobriu alguma coisa.

Eles estão deitados na relva do prado no alto dos Andes vendo a turma de amigos empinar suas arraias musicais.

— Sabia que no litoral a polícia tem eletrodos na cabeça?

Ela se retesa nos braços dele ouvindo aquilo.

— Isso mesmo. Estranho, não é? Pensei que eles só usassem plugues cerebrais em criminosos e no Exército. Sabe, Del... Tem alguma coisa rolando. Algum movimento. Talvez alguém esteja se organizando. Como vamos descobrir? — Ele esmurra o chão. — Temos que fazer contato, é isso! Se pelo menos desse para saber como...

— E a imprensa? — diz ela, aturdida.

— A imprensa! — Ele solta uma gargalhada. — Na imprensa não sai nada além do que eles querem que o povo saiba. Você pode incendiar metade do país, mas se não interessar a eles ninguém fica sabendo. Del, não entende o que estou querendo lhe explicar? Eles programaram o mundo inteiro! Controle total das comunicações! Eles condicionaram a mente das pessoas para pensar naquilo que eles mostram e para querer aquilo que eles fornecem, e eles fornecem aquilo que programaram as pessoas para aceitar. Não há como quebrar esse ciclo, não dá para entrar nem para sair. Acho mesmo que eles não têm nenhum plano a não ser manter as coisas girando eternamente dessa forma, e Deus sabe o que está acontecendo com as pessoas na Terra ou em outros planetas. É um enorme vórtice de mentiras e de lixo, girando e crescendo sem parar, cada vez maior, e nada disso vai mudar, nunca. Se as pessoas não abrirem os olhos tudo vai se acabar!

Ele dá tapinhas de leve na barriguinha dela.

— Você vai ter que cair fora, Del.

— Vou tentar, Paul, prometo...

— Você é minha. Eles não vão levar você.

Paul vai tratar com sr. Hopkins, que sem dúvida bota o rabinho entre as pernas.

Mas nessa mesma noite, lá em Carbondale, o paternal sr. Cantle vai se encontrar com P. Burke.

P. Burke? Em cima de um catre, enrolada num roupão de serviço, parecendo um camelo morto dentro de uma tenda. A princípio ela não consegue entender quando ele insiste para que ela encerre o namoro com Paul. P. Burke nunca viu Paul em toda a sua vida. É Delphi quem se encontra com Paul. A verdade é que P. Burke não pode mais lembrar com clareza que tem uma existência própria, separada de Delphi.

Sr. Cantle é outro que mal consegue acreditar nisso, mas faz o que pode.

Primeiro ele fala sobre a inutilidade de tudo aquilo e do grande potencial de constrangimento que pode causar a Paul. Tudo que consegue são dois olhos mortiços a fitá-lo da cama. Então ele entra no tema dos deveres dela para com a GTX, o trabalho; será que ela não sente gratidão por tudo que foi feito etc. Ele é bastante persuasivo.

A boca de P. Burke soa como que coberta de teias de aranha quando ela diz:

— Não.

E não faz menção de dizer mais nada.

Sr. Candle não é idiota. É capaz de reconhecer um obstáculo irremovível quando se choca com ele. Mas ele também conhece uma força irresistível: a GTX. A solução mais simples é trancar a cabine-*waldo* até Paul se cansar de esperar que Delphi acorde novamente. Mas o custo, a agenda! E tem alguma coisa estranha aqui... Ele fica olhando aquele trunfo corporativo jogado em cima da cama e seu sexto sentido começa a coçar.

Sabe, os Remotos não amam. Eles não experimentam sexo de verdade; os circuitos definem isso desde o início do processo. Então presume-se que é Paul quem está se divertindo com um corpinho gostoso que conheceu no Chile. P. Burke deve estar fazendo apenas o que se espera naturalmente de qualquer pessoa marginalizada e ambiciosa. Não ocorreu a ninguém a ideia de que eles estão lidando com a coisa peluda e verdadeira cuja sombra enorme transborda de uma casa holo-*show* no planeta Terra.

Amor?

Sr. Cantle franze a testa. A ideia é grotesca! Mas seu instinto para situações ambíguas é forte; ele vai recomendar certa flexibilidade.

De modo que, lá no Chile:

— Querido, não tenho que trabalhar hoje à noite! E na sexta também... Não é verdade, sr. Hopkins?

— Oh, mas que coisa boa. E quando vão lhe dar liberdade condicional?

— Sr. Isham, por favor, seja razoável. Nosso cronograma... Por falar nisso, será que a sua produção não está necessitando do senhor?

Acontece que é justamente isso. Paul se afasta. Hopkins fica olhando e imaginando com desagrado por que diabos um Isham quer trepar com um *waldo*. (Como são autênticos os medos primordiais dos executivos... E o ruído invadindo, invadindo tudo.) Jamais ocorre a Hopkins a hipótese de que um Isham talvez não saiba quem Delphi realmente é.

Especialmente com Davy chorando porque Paul o enxotou da cama de Delphi.

A cama de Delphi fica embaixo de uma janela de verdade.

— Estrelas... — diz Paul, sonolento. Gira o corpo e puxa Delphi para cima de si. — Já se deu conta de que este é um dos últimos lugares da Terra onde as pessoas podem ver as estrelas do céu? No Tibete também, talvez.

— Paul...

— Durma. Quero ver você dormindo.

— Paul, eu... Eu tenho o sono tão pesado, quero dizer, fazem até piada comigo porque tenho dificuldade de acordar... Você se importa?

— Sim.

Mas finalmente, cheia de medo, ela se abandona. De modo que a milhares de quilômetros ao norte uma criatura definhada e meio delirante pode beber sua dose de concentrados e capotar em sua cama. A aurora está cor-de-rosa quando os olhos de Delphi se abrem e ela sente os braços de Paul à sua volta, a voz dele dizendo coisas brutais, coisas ternas. Ele ficou acordado. A pequenina estátua insensível que é o corpo-Delphi aninhou-se a ele durante a noite.

Uma esperança insensata começa a brotar, e aumenta algumas noites depois quando ele lhe diz que ela chamou seu nome durante o sono.

Naquele dia os braços de Paul a impedem de ir trabalhar e os gemidos de Hopkins podem ser ouvidos no alto comando, onde o sujeito com cara de fuinha está se desdobrando para fazer mudanças no programa de Delphi. Sr. Cantle põe panos quentes na situação. Mas na semana seguinte, Delphi falta novamente ao trabalho e deixa na mão um cliente importante. Cara de fuinha também tem relações importantes no mundo da alta tecnologia.

Agora é possível perceber que quando você tem um campo complexo de modulações de energia heteródinas sintonizado num ponto de demanda como Delphi, isso produz muitos problemas de ondas estacionárias e de retorno e de interferências de todo tipo, que em geral são controladas sem maiores problemas pela tecnologia do futuro. Por esse mesmo raciocínio podem também fugir ao controle, em circunstâncias capazes de impactar o operador-*waldo* com resultados imprevisíveis.

— Querida! Mas que diabo... O que houve?! DELPHI!

Gritinhos indefesos, convulsões. E então o corpo de Rima-ave está suado e frouxo nos braços dele, os olhos arregalados.

— Eu... eu não devia... — Ela arqueja, fracamente. — Eles me disseram que não...

— Oh, meu Deus. Delphi.

Ele mergulha os dedos firmes nos cabelos louros dela. Dedos que manjam de eletrônica. Os dedos se imobilizam de repente.

— Você é um boneco! É uma daquelas coisas com plugue implantado. Eles controlam você! Ah, eu devia imaginar. Oh, Deus do céu, eu devia imaginar.

— Não, Paul — diz ela, soluçando. — Não, não, não...

— Eles que se danem. Que se danem! O que fizeram com você? Você não é isso que...

Ele a sacode com força, agachado na cama por cima dela e sacudindo-a de um lado para o outro, furioso diante daquela beleza digna de pena.

— Não! — Ela implora (não, não é verdade, aquele pesadelo nas trevas, tão distante.) — Eu sou Delphi!

— Meu pai. Aquele porco, aquele imundo. Malditos, malditos sejam.

— Não, não — balbucia ela. — Eles foram bons comigo. — (É P. Burke lá no seu subterrâneo que está gaguejando.) — Eles foram bons comigo. AAH-AAAAH!

Outra convulsão de agonia a retorce por inteiro. Lá no Hemisfério Norte, cara de fuinha tenta se certificar de que aquela leve interferência dá resultado. Paul mal pode continuar agarrado a ela, ele também está chorando.

— Vou matar todos eles.

A sua Delphi é uma escrava cheia de plugues! Cérebro grampeado, algemas eletrônicas no coração de um pássaro. Lembra quando aqueles selvagens queimaram Rima viva?

— Vou matar o cara que fez isso com você.

Ele continua a dizer isso, mas ela já nem escuta. Está certa de que ele agora a odeia e tudo que deseja é morrer. Quando ela finalmente entende que toda aquela fúria é uma fúria de afeto, ela acha aquilo um milagre. Ele sabe de tudo e ainda a ama!

Como ela poderia imaginar que ele entendeu tudo errado?

Não se pode botar a culpa em Paul. É preciso dar-lhe o crédito, reconhecer que ele já ouviu falar sobre implantes de dor-prazer e sobre grampos cerebrais, que pela própria natureza não são muito comentados por aqueles que melhor os conhecem. É isso que ele imagina estar sendo usado em Delphi, alguma coisa para mantê-la sob controle. Para ficar à escuta — e ele arde em fúria ao pensar nessas escutas clandestinas dividindo a cama com eles dois.

Mas sobre os corpos-*waldo* e sobre operadores como P. Burke ele não ouviu falar nada.

De modo que nem por um instante passa pela sua cabeça, enquanto ele baixa os olhos para o corpo de sua avezinha violentada, tonto de raiva e de paixão por ela, que aquilo que ele está agarrando com as duas mãos não é a totalidade dela. Será preciso dizer agora a decisão louca que ele está começando a conceber?

Libertar Delphi.

Como? Bem, afinal de contas ele é Paul Isham III. Ele tem uma ideia bastante precisa de onde fica o neuro-laboratório da GTX. É em Carbondale.

Mas primeiro é preciso fazer alguma coisa por Delphi, e pelo seu próprio estômago. De modo que ele a devolve a Hopkins e cai fora dali, de uma maneira contida e discreta. A equipe técnica lá no Chile fica superagradecida por isso e nem sequer entende que ele não costuma exibir os dentes com tanta prodigalidade.

Uma semana se passa, uma semana durante a qual Delphi se comporta como um fantasminha dócil e obediente. Eles lhe repassam os buquês de flores enviados por Paul, e os bilhetes banais de amor. (Ele está movendo suas peças com toda frieza.) No alto comando, cara de fuinha sente que subiu mais um degrau em sua carreira e faz chegar ao conhecimento de todos que sabe lidar com problemas simples como aquele.

Ninguém se interessa em saber o que P. Burke pensa a respeito de tudo isso, exceto que a srta. Fleming a surpreende jogando comida na descarga e na noite seguinte ela desmaia de fraqueza quando está na piscina. Eles a puxam para fora e lhe aplicam tubos de soro. Srta. Fleming se agita; já viu expressões como aquela antes. Mas ela não estava ali quando um grupo de malucos que se autointitulavam Seguidores do Peixe contemplaram a vida eterna através das chamas. P. Burke também está vendo o Paraíso no lado oposto da morte. Para ela o Paraíso se soletra como P-a-u-l, mas a ideia é a mesma. *Eu vou morrer e vou nascer de novo como Delphi.*

O que é lixo puro do ponto de vista eletrônico. Chance zero.

Outra semana se passa e a loucura de Paul acabou se cristalizando num plano. (Lembre-se, ele tem muitos amigos.) Ele continua babando de raiva, vendo seu amor desfilar de um lado para outro, controlada por seus senhores. Paul dirige uma sequência devastadora para o próprio programa. Por fim, educadamente, ele solicita a Hopkins uma pequena fatia do tempo de sua amada, o que lhe é concedido sem problema.

— Pensei que não me queria mais — ela continua a repetir enquanto eles voam numa curva fechada sobre o flanco de uma montanha no carro solar de Paul. — Agora você sabe...

— Olhe para mim!

Ele cobre a boca da garota com a mão e lhe mostra um cartão impresso.

NÃO FALE ELES OUVEM TUDO
QUE A GENTE DIZ
VOU LEVAR VOCÊ EMBORA AGORA

Ela beija a mão dele. Ele assente, com urgência, e vira o outro lado do cartão.

NÃO TENHA MEDO
EU POSSO INTERROMPER A DOR
SE ELES LHE MACHUCAREM

Com a mão livre, ele puxa uma malha metálica prateada, um misturador de sinal. Ela está atônita.

ISTO AQUI CORTA O SINAL E LHE
PROTEGE, MEU AMOR

Ela olha para ele, com a cabeça mexendo de um lado para o outro, "não".

— Sim! — grita ele, em triunfo. — Sim!

Por um instante ela fica pensativa. Aquela malha pode cortar o sinal, tudo bem. Também vai cortar Delphi. Mas ele é Paul e está beijando Delphi agora, e ela se agarra a ele enquanto o carro solar descreve uma curva fechada e penetra num desfiladeiro.

Adiante, ela avista uma rampa de lançamento e um pequeno foguete cintilante esperando para decolar. (Paul dispõe de bastante crédito e tem um sobrenome.) A nave-transporte da GTX só tem uma qualidade: rapidez. Paul e Delphi se enfiam por trás do tanque extra de combustível, atrás do piloto, e não dizem mais nada quando os motores começam a rugir.

Continuam rugindo quando sobrevoam Quito e só então Hopkins começa a se preocupar. Ele perde uma hora tentando rastrear o localizador instalado no carro solar de Paul. O carro solar, a esta altura, está descrevendo uma complicada trajetória rumo ao alto-mar. Quando eles finalmente admitem que o carro não está tripulado, Hopkins ruma a todo vapor para o alto-comando, enquanto os fugitivos estão sobrevoando o oeste do mar do Caribe.

No comando, quem está levando um aperto é o cara de fuinha. Seu primeiro impulso é repetir tudo que já disse antes, mas sua mente acende o sinal de alerta. O caso agora é grave. Porque, veja bem, embora a longo prazo eles sejam capazes de convencer P. Burke a fazer não importa o quê, a não ser continuar viva, emergências inesperadas como essa podem dar problema. E tem um agravante: Paul Isham III.

— Não pode dar a ela a ordem de voltar?

Estão todos agora na estação de monitoramento da torre da GTX: sr. Cantle, o cara de fuinha, Joe e um cidadão bem-vestido que é o "*personal* olhos-e-ouvidos" do sr. Isham Sênior.

— Não, senhor — diz Joe, com expressão concentrada. — Podemos ler canais, especialmente da fala, mas não podemos interpolar padrões organizados. Precisamos do operador-*waldo* para mandar mensagens diretas...

— Eles estão falando o quê?

— No momento, nada, senhor. — O operador do canal está de olhos fechados. — Creio que eles estão, hmmm, abraçados.

— Não respondem — diz o técnico que monitora o tráfego. — Continuam na rota zero-zero-três-zero, rumo norte, senhor.

— Já se certificou de que lá em Kennedy todos já sabem que não é para disparar sobre eles? — Indaga, com ansiedade, o homem bem-vestido.

— Sim, senhor.

— Será que não pode simplesmente desligá-la? — Cara de fuinha está muito irritado. — Tira essa vaca do controle.

— Cortar a transmissão de vez pode matar o Remoto — explica Joe, pela terceira vez. — O desligamento tem que passar por várias fases. É preciso retornar aos poucos para as autonomias do Remoto: coração, respiração, cerebelo, tudo isso pode entrar em colapso. Se arrancar Burke de repente, isso pode liquidá-la também. É um cibersistema fantástico, ninguém vai querer danificá-lo.

— E que investimento — diz sr. Cantle, com um tremor.

Cara de fuinha põe a mão no ombro do operador do canal. É o contato combinado para dizer "não".

— Podíamos pelo menos mandar um sinal de advertência, senhor. — Ele passa a língua nos lábios, dirige ao homem bem-vestido o seu melhor sorriso de fuinha. — Sabemos que não causa danos.

Joe franze a testa e sr. Cantle dá um suspiro. O homem bem-vestido está murmurando alguma coisa junto ao pulso. Ergue os olhos.

— Tenho autorização — diz ele, num tom de reverência. — Tenho autorização para, hmm, emitir um sinal. Se é a opção que nos resta. Mas, mínimo... mínimo.

Cara de fuinha aperta o ombro do operador.

No foguete prateado que sobrevoa Charleston com estridência, Paul sente o corpo de Delphi se arquear em seus braços. Ele agarra a malha metálica, ansioso para entrar em ação. Ela se debate, tenta tomar o aparelho da mão dele; seus olhos estão revirados. Ela tem medo, apesar da agonia que está sentindo. (E tem razão para ter medo.) Paul e Delphi lutam freneticamente naquele espaço apertado, e ele consegue colocar a malha por cima da cabeça dela. Quando liga o botão, ela se aconchega ao corpo dele e os espasmos cessam.

— Estão chamando o senhor outra vez, sr. Isham! — grita o piloto.

— Não responda nada. Querida, mantenha isso aqui em cima da cabeça, que diabo, não estou podendo...

Um AX90 cruza a toda velocidade diante dele, vê-se um clarão.

— Sr. Isham! São jatos da Força Aérea!

— Esqueça! — Paul grita de volta. — Eles não vão disparar. Querida, não tenha medo.

Outro AX90 passa por cima deles, e o foguete se sacode.

— Senhor, se incomoda de apontar uma arma para minha cabeça, de modo que eles possam vê-la? — Diz o piloto.

Paul concorda. Os AX90 entram em formação em volta deles. O piloto começa a imaginar uma maneira de poder arrancar uma grana da GTX, e depois que eles ultrapassam Goldboro, Alabama, a escolta se dispersa e some.

— Estão mantendo a mesma rota — o operador de tráfego avisa ao grupo reunido em torno do monitor. — Ao que parece, abasteceram-se o bastante para vir até aqui.

— Nesse caso é só uma questão de esperarmos que pousem. — Sr. Cantle recupera um pouco da sua antiga atitude paternal.

— Por que não cortam logo os sinais vitais daquela criatura? — Diz cara de fuinha. — Isso é ridículo.

— Estão cuidando disso — confirma sr. Cantle.

O que eles estão fazendo lá no subsolo de Carbondale é discutir.

O vigia de srta. Fleming chamou o médico peludo até a sala do *waldo*.

— Srta. Fleming, a senhorita vai obedecer às ordens.

— Vai matá-la se fizer isso, doutor. Não consigo acreditar que tenha mesmo essa intenção, por isso não obedeci. Já lhe demos tanto sedativo que está causando problemas cardíacos. Se cortar ainda mais o oxigênio ela vai morrer ali dentro.

O homem peludo arreganha um sorriso.

— Traga o dr. Quine aqui, rápido.

Ficam à espera, com os olhos voltados para a cabine onde uma mulher desorientada, drogada e feia luta para manter-se consciente, luta para manter abertos os olhos de Delphi.

Ao passar sobre Richmond, o foguete prateado começa a descrever uma curva. Delphi se abriga mais nos braços de Paul, erguendo os olhos para ele.

— Já vamos pousar, meu bem. Daqui a pouco acaba. Você só tem que ficar viva, Del.

"... ficar viva..."

O operador de tráfego finalmente os localizou.

— Senhor! Estão se desviando para Carbondale!

— Então vamos.

Mas já é tarde para o grupo na sala de controle interceptar o foguete, que desce ruidosamente em Carbondale. Os amigos de Paul já tomaram suas providências. Os fugitivos conseguem sair do setor de carga e chegar ao neuro-laboratório antes que a guarda consiga se mobilizar. No elevador, basta o rosto de Paul e sua pistola para que sejam admitidos sem discussão.

— Quero ver o doutor... doutor... como é o nome dele, Del?

— ...Tesla... — Ela mal consegue se manter de pé.

— Dr. Tesla. Leve-me até o andar de Tesla, *já*.

Os intercomunicadores tagarelam com estridência enquanto eles descem para o subsolo a toda velocidade. Paul mantém a pistola cravada nas costas do guarda. Quando a porta do elevador se abre, o médico peludo está à espera.

— Eu sou Tesla.

— Eu sou Paul Isham. *Isham*. Você vai tirar a porra desses implantes desta garota *agora*.

— O quê?

— Você ouviu. Onde é a sala de cirurgia? Vamos!

— Mas...

— Ande! Vou ter que matar alguém?!

Paul gira a arma na direção do dr. Quine, que surgiu de repente.

— Não, não — Tesla apressa-se a dizer. — Mas é que eu não posso, sabe? É impossível, não ficará nada no lugar.

— Impossível o caralho, vai fazer e é agora. E se errar qualquer coisa está morto — grita Paul com ares de assassino. — Onde fica a cirurgia daqui? E desligue esse seu piloto que está manobrando os circuitos dela.

Com Delphi fazendo peso no outro braço, ele os empurra. Os médicos recuam pelo corredor.

— O lugar é aqui, meu bem? Onde eles botaram essas coisas em você?

— Sim — diz ela, indicando uma porta. — Sim...

Por trás daquela porta está justamente a suíte onde ela nasceu.

Paul guia todos lá para dentro, onde têm acesso a um salão reluzente. Uma porta interna se abre e por ela saem correndo uma enfermeira e um homem grisalho. Os dois ficam paralisados.

Paul percebe que há algo especial naquela porta interna. Ele empurra o grupo inteiro para um lado, abre a porta e olha para dentro.

Lá dentro há uma cabine enorme com aspecto ameaçador e a tampa entreaberta.

Dentro dessa cabine vê-se uma carcaça intoxicada à qual está acontecendo uma coisa maravilhosa, indescritível. Lá está P. Burke, a mulher real, viva, e ela sabe que ELE está ali, chegando mais perto. Paul, que ela lutou para alcançar através de milhares de quilômetros de gelo. PAUL está ali! Está abrindo por completo a cabine...

A tampa se escancara e um monstro emerge lá de dentro.

— Paul, querido... — a voz é como o coaxar de uma rã apaixonada, e ela ergue para ele braços cheios de amor.

Ele reage.

Você não faria o mesmo, se uma golem-fêmea, emaciada, nua, crivada de tubos de sangue viesse na sua direção, erguendo mãos cheias de fios metálicos?

— Saia daqui! — grita ele, e arranca os fios.

Não faz muita diferença que fios eram aqueles. O sistema nervoso de P. Burke estava, por assim dizer, por um fio. Imagine alguém dando um puxão bem forte na sua medula espinhal...

Ela desaba no chão diante dos pés dele, debatendo-se e rugindo: *Paul, Paul, Paul*, a boca contraída num ríctus.

É pouco provável que ele tenha reconhecido o próprio nome ou que tenha percebido a vida se esvaindo daqueles olhos cravados nos seus. No derradeiro instante não é para ele que olham. Os olhos vão até Delphi, que está desmaiando junto à porta, e morrem.

E agora, é claro, Delphi morre também.

Faz-se um silêncio absoluto, enquanto Paul dá alguns passos para o lado, afastando-se da coisa caída a seus pés.

— Você a matou — diz Tesla. — Essa aí era ela.

— É sua operadora! — Paul está furioso, e a ideia de que aquele monstro estivesse plugado ao cérebro de Delphi lhe dá náuseas. Ele vê Delphi desabando e estende os braços para ela, pois não sabe que ela está morta.

E Delphi responde.

Pé ante pé, não se movendo muito bem, mas conseguindo. O rostinho lindo se ilumina outra vez. Paul está distraído por aquele silêncio total, e quando abaixa os olhos, tudo que vê é o pescoço delicado dela.

— Agora. Tirem esses implantes dela — ele ameaça.

Ninguém se mexe.

— Mas ela está morta! — exclama srta. Fleming, nervosa.

Paul sente a vida de Delphi pulsando de encontro à sua mão; é claro que eles estão se referindo ao monstro. Ele aponta a pistola para o homem grisalho.

— Você aí. Se quando eu contar até três não estivermos indo para a cirurgia, vou explodir a perna desse cara.

— Sr. Isham — diz Tesla, em desespero —, o senhor acaba de matar a pessoa que animava o corpo que o senhor chama de Delphi. Delphi está morta. Se o senhor a soltar, vai ver que é verdade.

O tom na voz dele produz uma impressão. Devagar, Paul retira o braço, abaixa os olhos.

— Delphi?

Ela cambaleia, oscila, consegue se manter ereta. Seu rosto se ergue devagar.

— Paul... — A voz está miudinha.

— Vocês e seus truques imundos — rosna ele. — Vamos! Mexam-se!

— Olhe nos olhos dela — diz o dr. Quine, com a voz esganiçada.

Eles olham. Uma das pupilas de Delphi toma toda a íris e seus lábios estremecem de uma maneira estranha.

— Choque. — Paul a traz para junto de si. — Cuide dela! — Ele grita na direção de Tesla.

— Pelo amor de Deus... Venha, vamos para o laboratório. — Tesla está trêmulo.

— Ad-adeus — diz Delphi, com clareza.

Eles se apressam aos tropeções pelo corredor, Paul com Delphi nos braços, e ali dão de cara com uma multidão.

O alto-comando acaba de chegar.

Joe lança apenas um olhar para aquilo e parte como uma flecha para a sala do *waldo*, mas é detido pela arma de Paul.

— Oh, não, isso não!

Todo mundo grita ao mesmo tempo. O corpinho delicado nos braços dele estremece e diz com voz lamentosa:

— Eu sou Delphi.

Durante todo o bate-boca furioso que se segue, ela insiste, esforça-se, com o fantasma de P. Burke ou o que quer que seja murmurando, desorientada:

— Paul... Paul... Por favor, é Delphi... Paul?

— Estou aqui, querida, estou aqui. — Ele consegue depositá-la sobre uma cama.

Tesla fala pelos cotovelos, mas ninguém lhe dá ouvidos.

— Paul... não quero dormir... — A voz fantasmagórica ainda sussurra. Paul está em plena agonia, porque ele não aceita. ELE NÃO ACREDITA.

Tesla se cala, esgotado.

Então, por volta da meia-noite, Delphi diz, com voz entrecortada: "Ag-ag-ag..." e desaba no chão, produzindo um som como o de uma foca.

Paul grita. O barulho de "ag-ag" persiste, e seguem-se algumas convulsões arrasadoras, até que por volta das duas da manhã Delphi não é mais nada senão um morno pacote de funções vegetativas plugado a mecanismos de alta tecnologia — os mesmos que a mantiveram viva antes de sua verdadeira vida começar. Joe conseguiu finalmente persuadir Paul a permitir seu acesso à cabine do *waldo*. Paul fica ao lado de Delphi tempo bastante para ver seu rosto se transformar em algo pavorosamente estranho, do modo mais frio e mais convincente; e depois ele cambaleia de volta ao escritório de Tesla, onde o grupo está reunido.

Do outro lado está Joe, o rosto banhado de suor, trabalhando freneticamente na tentativa de reintegrar o fantástico complexo de circulação sanguínea, respiração, glândulas endócrinas, homeostases do cérebro-médio; todo o fluxo de padrões dinâmicos que constitui um ser humano — é um trabalho equivalente ao de retomar a execução de uma orquestra que foi cortada ao meio.

Joe está chorando também. Ele é o único que amava P. Burke sinceramente. P. Burke, agora um monte de carne morta em cima de uma mesa, era o mais perfeito cibersistema que ele viu em toda a sua vida, e ele nunca vai esquecê-la.

Este é o fim, então.

Está curioso?

Oh, sim, Delphi voltou a viver. No ano seguinte, ela está de volta àquele iate, recebendo a simpatia de todos pela trágica crise por que passou. Mas agora há uma garota diferente no Chile, porque enquanto a nova operadora de Delphi é muito competente, ninguém consegue encontrar duas P. Burke — e a GTX é grata por isso.

O maior efeito retardado acontece com Paul. Porque, vejam só, ele era jovem. Lutava contra um conceito abstrato do Mal. Agora, a vida cravou nele suas garras e ele tem que atravessar toda a fase de raiva e de dor até adquirir alguma sabedoria humana e tomar uma resolução. De modo que nenhum de vocês ficaria surpreso ao encontrá-lo algum tempo depois... Onde?

Na diretoria da GTX, babaca, usando seus privilégios de nascimento para radicalizar o sistema.

Pode-se chamar isso de "destruir de dentro para fora".

É desse modo que ele explica a situação, e seus amigos concordam plenamente. Saber que Paul está agindo lá nas altas esferas dá a eles uma sensação cálida de confiança. De vez em quando, um deles, que continua em atividade, cruza com Paul e recebe um "olá!" caloroso.

E o cara de fuinha?

Ah, ele amadureceu também. É do tipo que aprende rápido, pode acreditar. Por exemplo, ele é a primeira pessoa a tomar conhecimento de que uma obscura unidade de pesquisa da GTX está fazendo progressos concretos com seu projeto bizarro para um gerador de anomalias temporais. Claro, ele não é especialista em Física, e tem enchido o saco de várias pessoas. Mas só fica sabendo disso no dia em que se coloca no local que alguém lhe indicou durante um teste — e acorda depois estirado no chão, num piso forrado por um jornal onde se lê

NIXON INAUGURA FASE DOIS

A sorte dele é que aprende depressa.

Pode acreditar, zumbi. Quando eu falo em crescimento, é crescimento que eu falo. Apreciação do capital. Pode parar de suar frio. Há um grande futuro pela frente.

AS MULHERES QUE MORREM COMO MOSCAS

THE SCREWFLY SOLUTION, 1977

O jovem que estava sentado a 2º N, 75º W lançou um olhar casual e cheio de veneno ao ventilador, um inoperante espantador de moscas, e continuou a ler sua carta. Estava encharcado de suor, metido apenas num calção, dentro daquele forno que se passava por quarto de hotel em Cuyapán.

Como é que as outras esposas dão conta disso? Eu vivo até o pescoço com a revisão dos programas de bolsa de Ann Arbor e com os seminários, falando toda sorridente, "oh, sim, Alan está na Colômbia, aplicando um novo projeto de controle de pragas, isso não é maravilhoso?". Mas bem aqui dentro eu imagino você cercado por um harém de beldades de dezenove anos com cabelos da cor da asa da graúna, arquejantes de indignação social e podres de ricas. E cada uma com seios de quarenta polegadas saltando de uma elegante lingerie. Cheguei a calcular em centímetros, são 100 centímetros de busto. Oh querido, querido, faça o que lhe der vontade, mas volte para casa são e salvo.

Alan deu um sorriso enternecido enquanto em sua mente passava um vislumbre do único corpo pelo qual tinha um desejo verdadeiro. Sua garota-magia, sua Anne. Levantou-se, então, para abrir mais alguns centímetros da janela. Um focinho pálido e soturno olhou para dentro — um bode. O quarto dava para o cercado cheio de cabras, e o fedor era de matar. Mas era uma corrente de ar, afinal. Ele pegou de novo a carta.

Aqui continua tudo do jeito que você deixou, exceto que aquele horror lá em Peedsville parece estar ainda pior do que antes. Está sendo chamado agora de "o culto dos Filhos de Adão". Será que não se pode fazer nada contra isso, mesmo que seja uma religião? A Cruz Vermelha instalou um campo de refugiados em Ashton, Georgia. Imagine, refugiados nos Estados Unidos da América! Ouvi dizer que duas garotas foram trazidas crivadas de facadas. Oh Alan...

Isso me lembra que Barney trouxe ontem um punhado de recortes de jornal e pediu que eu os enviasse para você. Vou colocá-los em outro enve-

lope; sei muito bem o que acontece com envelopes muito cheios nas agências de correio de outros países. Ele disse que, caso você não receba os recortes, pense nisto: o que há em comum entre lugares como Peedsville, São Paulo, Phoenix, San Diego, Xangai, Nova Delhi, Trípoli, Brisbane, Joanesburgo e Lubbock, Texas? Ele diz que o palpite dele é: lembre-se de onde a zona de convergência intertropical está situada agora. Bem, para mim isso não faz sentido, talvez faça para sua mente ecologicamente superior. Tudo que percebi dos recortes foi que são relatos horríveis de assassinatos ou massacres de mulheres. O pior de todos foi o de Nova Delhi, que fala de "balsas cheias de cadáveres de mulheres" passando pelo rio. O mais engraçado (!) foi a história do oficial do exército no Texas que fuzilou a esposa, três filhas e a própria tia, porque Deus lhe disse que fizesse uma limpeza no local.

Barney é um querido, virá no domingo para me ajudar a tirar a calha e ver o que a está entupindo. No momento ele está que é uma festa, porque finalmente conseguiu o resultado que esperava no seu projeto sobre os antiferomônios da mariposa que parasita os abetos. Sabia que ele testou mais de dois mil compostos? Bem, parece que o de número 2.097 deu certo mesmo. *Quando lhe perguntei como isso funciona ele deu aquela risadinha; você sabe como ele é tímido com as mulheres. De qualquer maneira, parece que um único programa de aspersão pode salvar as florestas sem causar prejuízos a outras espécies. Pássaros e gente podem ingerir isso sem sofrer danos, diz ele.*

Bem, amor, as notícias são só essas, exceto que Amy volta no domingo para Chicago e para a escola. Este lugar vai virar um cemitério. Vou sentir demais a falta da Amy apesar de ela estar naquela fase em que a pior inimiga dela sou eu. Essas pré-adolescentes e suas sexualidades sombrias, como diz Angie. Amy manda todo o seu amor para o papai. E eu mando meu coração inteiro, tudo que as palavras não podem dizer.

Sua
Anne

Alan guardou a carta em segurança na pasta de documentos e espiou o pequeno pacote de correspondência, recusando-se a entrar num devaneio em torno de Anne e da volta para casa. O "envelope cheio" de Barney não estava lá. Ele se jogou na cama desarrumada e puxou o fio da tomada um minuto antes de o gerador do vilarejo ser desligado pelo resto da noite. Na escuridão, a lista dos lugares que Barney havia enumerado pareceu se espalhar em volta de um globo que girava em seu pensamento, perturbando-o por alguns instantes. Alguma coisa que...

Mas então a lembrança das crianças cheias de parasitas que ele atendera na clínica durante o dia acabou invadindo seus pensamentos. Pôs-se a considerar o volume de dados que precisaria reunir. *Procure o elo mais fraco na cadeia comportamental...* Quantas vezes Barney — o doutor Barnhard Braithwaite — tinha martelado isso em sua cabeça. Onde estaria? Onde? Pela manhã, iria começar a trabalhar nas gaiolas com espécies grandes da mosca da cana...

Naquele mesmo instante, oito mil quilômetros ao norte dali, Anne estava escrevendo:

> *Oh querido, querido, suas três primeiras cartas chegaram agora, todas juntas. Eu* sabia *que você estava me escrevendo. Esqueça tudo que eu disse sobre as herdeiras ricas e morenas, era brincadeira minha. Meu amor, eu sei, eu sei... como somos nós. Essas malditas larvas de moscas da cana, pobres crianças. Se você não fosse meu marido, eu ia pensar que você era um santo ou coisa parecida. (Penso mesmo assim.)*
>
> *Suas cartas estão pregadas e espalhadas pela casa inteira, e assim me sinto menos sozinha. Nenhuma notícia nova por aqui, exceto o fato de que tudo está muito quieto e um pouco assustador. Barney e eu retiramos a calha, estava repleta de nozes podres largadas pelos esquilos. Eles devem ter jogado tudo aquilo na abertura de cima, vou*

colocar uma tela de arame. (Não se preocupe, desta vez vou usar uma escada.)

Barney anda num estado de espírito estranho, sombrio. Está levando muito a sério essa história dos Filhos de Adão e parece que vai fazer parte do comitê de investigação se conseguirem mesmo que seja instalado. A parte estranha é que ninguém parece estar tomando providência alguma, como se fosse algo de dimensões grandes demais. Selina Peters tem publicado algumas críticas bastante ácidas, tais como, "Quando um homem mata a esposa a gente chama de assassinato, mas quando muitos começam a fazer o mesmo a gente diz que é um estilo de vida". Acho que é algo que está se espalhando, mas ninguém sabe, porque a mídia é aconselhada a não divulgar muito. Barney diz que estão exagerando, que isso está tomando uma forma de histeria contagiosa. Ele insiste em mandar para você essa entrevista horrenda. Não vai ser publicada, é claro. A quietude, entretanto, é a parte pior de tudo, é como se alguma coisa terrível estivesse acontecendo longe da nossa vista. Depois de ler esse texto de Barney liguei para Pauline em San Diego para me certificar de que ela estava bem. Ela respondeu de um modo engraçado, como se não estivesse me dizendo tudo... Minha própria irmã. Mal tinha dito que estava tudo bem, tudo ótimo, de repente ela perguntou se podia ficar algum tempo aqui no mês que vem. Eu respondi que viesse ime-

diatamente, mas ela quer vender a casa primeiro. Tomara que resolva isso logo.

Ah, o carro a diesel está OK *agora, só precisava mesmo trocar o filtro. Tive que ir até Springfield para achar um, mas Eddie instalou por apenas dois dólares e meio. Desse jeito a garagem dele vai à falência.*

Caso você não tenha matado a charada, aquelas cidades listadas por Barney estão todas na latitude de 30º N ou S — as "latitudes dos cavalos", como são chamadas. Quando eu lhe disse que não era exatamente assim, ele retrucou: "considere que a zona de convergência equatorial muda no inverno e lembre de acrescentar Líbia, Osaka e mais outro lugar que agora não me lembro. Espere, já sei, Alice Springs, na Austrália". "Mas o que tem tudo isso a ver", eu perguntei. Ele disse, "não tem nada, ou pelo menos assim espero". Deixo isso a cargo de vocês, porque mentes privilegiadas como a de Barney podem ser bem esquisitas às vezes.

Meu amorzinho, sou toda sua, para você todo. Suas cartas me ajudam a viver. Mas não se sinta obrigado, porque sei que você deve se cansar muito com seu trabalho aí. Saiba apenas que estamos juntos, sempre, em qualquer lugar.

Sua
Anne

P.S. Tive que abrir de novo o envelope para botar o material de Barney, não foi a polícia secreta. Aqui vai.

Amor amor. A.

No quarto com cheiro de bode onde Alan leu essas linhas, a chuva martelava com força no teto. Ele aproximou a carta do nariz para aspirar de novo aquele perfume tão tênue, e depois a dobrou novamente. Então tirou do envelope a folha de papel fininho que Barney lhe enviara e começou a ler, com a testa franzida.

CULTO EM PEEDSVILLE

EDIÇÃO EXTRAORDINÁRIA: FILHOS DE ADÃO

Depoimento do motorista, sargento Willard Mews, de Globe Fork, Arkansas.

Alcançamos uma barreira rodoviária por volta de cento e vinte quilômetros a oeste de Jacksonville. O major John Heinz, de Ashton, estava à nossa espera, e nos forneceu uma escolta de dois veículos blindados, sob o comando do capitão T. Parr. O major Heinz pareceu chocado ao ver que a equipe do Instituto Nacional de Saúde incluía duas médicas. Ele nos preveniu do perigo que isso representava, do modo mais enérgico. Com isso, a dra. Patsy Put-

nam (de Urbana, Illinois), a psicóloga, decidiu ficar ali na companhia da guarnição do exército. Mas a dra. Elaine Fay (de Clinton, Nova Jersey) insistiu em nos acompanhar, dizendo ser a "epi-qualquer--coisa" (epidemiologista).

Seguimos logo atrás de um dos carros blindados, a cerca de cinquenta quilômetros por hora, durante uma hora, sem observar nada fora do normal. Vimos apenas duas grandes placas com os dizeres "FILHOS DE ADÃO — ZONA LIBERADA". Passamos por algumas indústrias de embalagem de nozes e uma fábrica de processamento de cítricos. Os homens nos observavam de longe, mas não faziam nada de anormal. Não vi nenhuma mulher ou criança, é claro. Quando nos aproximamos de Peedsville fomos parados numa grande barreira feita de tonéis de óleo diante de uma fábrica de cítricos. É uma parte velha da cidade, espécie de favela onde os barracos se misturam às áreas de estacionamento de trailers. A parte nova da cidade, com o shopping center e os novos loteamentos, fica mais adiante. Um funcionário de um armazém aproximou-se empunhando uma carabina e nos disse para esperarmos o prefeito. Não acho que ele tivesse visto a dra. Elaine Fay nesse momento, pois ela estava sentada, e um tanto curvada, no banco traseiro.

O prefeito Blount chegou há pouco, num carro de patrulha da polícia, e o líder do nosso grupo, o dr. Premack, explicou a missão que nos tinha sido designada pelo Ministério da Saúde. O dr. Premack teve todo o cuidado de não dizer nada que pudesse ofender a religião do prefeito. Blount permitiu que nosso comboio entrasse em Peedsville para recolher amostras do solo e da água e tudo o mais, e para conversar com o médico que vive ali. O prefeito tinha cerca de um metro e noventa de altura, uns cem quilos, queimado do sol, com cabelo grisalho. Era sorridente, simpático, com atitude amistosa.

Então ele olhou para dentro do carro, viu a dra. Elaine Fay e explodiu. Começou a berrar para que a gente desse o fora dali. Mas o dr. Premack conseguiu dissuadi-lo, acalmá-lo e, por fim, Blount disse que a dra. Fay podia entrar no escritório do armazém e permanecer lá com a porta fechada. Eu tive que ficar lá também, para garantir que ela não iria sair, e um dos homens que acompanhavam o prefeito serviu de guia para o nosso grupo.

Desse modo, nossa equipe médica, o prefeito e um dos veículos blindados entraram em Peedsville, e eu conduzi a dra. Fay para o escritório do armazém, onde nos sentamos. Estava muito quente e abafado ali. A dra. Fay abriu uma janela, mas quando a ouvi tentando manter conversa com um homem idoso que estava do lado de fora eu lhe disse que ela não estava autorizada a fazer aquilo e fechei a janela. O homem idoso afastou-se. Ela tentou puxar conversa comigo, mas eu lhe disse que não estava disposto a conversar. Sentia que era uma coisa muito errada a presença dela ali.

Em seguida, ela começou a examinar os arquivos do escritório e a ler alguns documentos. Eu lhe disse que isso não era uma boa ideia, que ela não devia fazer aquilo. Mas ela mencionou que o governo lhe dera a missão de fazer investigações. Ela me mostrou um panfleto ou revistinha que havia ali, chamada O homem escuta a Deus, *pelo reverendo McIllhenny. Havia um caixote cheio delas no escritório. Comecei a ler aquilo quando a dra. Fay disse que queria lavar as mãos. Eu a conduzi por um corredor interno por trás da esteira de transporte até o toalete. Não havia portas nem janelas ali, de modo que voltei para onde estava. Em um instante ela gritou dizendo que havia um colchonete e que ia se deitar um pouco. Achei que estava tudo bem, porque não tinha janela alguma ali e também porque estava livre da companhia dela.*

Quando comecei a ler aquele livreto achei uma leitura instigante. Eram ideias muito profundas sobre o modo como o Homem hoje está sob julgamento diante de Deus, e como se nós cumprirmos a nossa missão Deus irá nos abençoar com uma vida totalmente nova aqui na Terra. Os sinais e os portentos estão todos aí para nos provar. Aquilo não era, como direi, coisa de catequese infantil. Era profundo mesmo.

Depois de algum tempo escutei música lá fora e vi que os soldados do segundo carro blindado estavam do outro lado da estrada, junto às bombas de gasolina, sentados à sombra de uma árvore e fazendo brincadeiras com os trabalhadores da fábrica. Um deles estava tocando violão, não era uma guitarra, era violão acústico mesmo. Tudo estava em paz.

Então o prefeito Blount apareceu ao volante do carro da polícia e, em seguida, entrou no escritório. Quando viu que eu estava lendo o livreto, lançou-me uma espécie de sorriso paternal, mas eu notei que ele estava tenso. Ele perguntou onde estava a dra. Fay, e eu lhe disse que estava descansando um pouco lá nos fundos. Ele fez que tudo bem e soltou algo como um suspiro, seguindo pelo corredor, fechando a porta atrás de si. Fiquei ali sentado, escutando o rapaz que tocava violão, tentando entender o que ele cantava. Estava com bastante fome, porque o meu lanche tinha ficado no carro do dr. Premack.

Pouco depois a porta se abriu e o prefeito Blount apareceu. Estava com uma aparência terrível, as roupas desalinhadas e arranhões sangrentos no rosto. Não disse nada, somente olhou para mim com um olhar duro e feroz, como se estivesse desorientado. Vi que o zíper da calça dele estava aberto e havia sangue na sua roupa e também nas suas partes (privadas).

Não me assustei, senti que alguma coisa importante tinha acontecido. Tentei fazer com que se sentasse, mas ele fez um gesto pedindo que eu o acompanhasse pelo corredor até o local onde estava a dra. Fay. "Você tem que ver isso", disse ele. Blount entrou no toalete e eu fui para uma saleta, que era onde havia o colchonete. A iluminação ali era boa, refletindo-se no teto de metal, no ponto onde ele se encontrava com as paredes. Vi a dra. Fay deitada no colchonete, com uma aparência pacífica. Estava deitada com o corpo muito reto e suas roupas estavam um pouco diferentes de antes, mas as pernas se mantinham bem juntas. Fiquei satisfeito ao ver aquilo. A blusa dela estava puxada para cima e eu vi que havia um corte ou incisão em seu abdômen. Escorria sangue dali, como se fosse uma boca, mas ela não se movia. A garganta também estava aberta com um grande corte.

Voltei para o escritório. Blount estava sentado, com aparência de cansaço. Tinha se limpado todo.

— Fiz isto por você. Você compreende? — disse Blount.

O prefeito parecia com meu pai, não acho uma maneira melhor de dizer isso. Percebi que estava sofrendo uma pressão terrível porque tinha assumido grande parte dela em meu lugar. Ele começou a me explicar que a dra. Fay era muito perigosa, que era aquilo que se chama de uma criptofêmea, que é o tipo mais perigoso. Ele a desmascarou e purificou a situação. Foi muito claro e direto; não me senti confuso de maneira alguma, sabia que ele tinha feito a coisa certa.

Conversamos sobre o livro, sobre como o homem tem que se purificar e mostrar a Deus um mundo totalmente limpo. Blount disse que algu-

mas pessoas tocam na questão de como o homem poderia se reproduzir sem as mulheres, mas essas pessoas erram o xis da questão. O xis da questão é que enquanto o homem continuar dependendo dos velhos recursos animais, Deus não vai ajudá-lo. Quando o homem conseguir se livrar da sua parte animalesca, que é a mulher, esse é o sinal que Deus está esperando. Então Deus vai revelar a ele o modo novo, o modo limpo; talvez os anjos desçam trazendo novas almas, ou talvez nós possamos viver para sempre, mas o nosso papel aqui não é ficar especulando, e sim obedecer. Ele disse que alguns homens ali tinham avistado um Anjo do Senhor. Isso era algo muito profundo, parecia despertar um eco dentro de mim, e eu o sentia como uma inspiração.

O comboio médico regressou. Eu disse ao dr. Premack que a dra. Fay tinha sido levada de volta em segurança e entrei no carro para ajudar a guiá-los para fora da Zona Liberada. No entanto, quatro dos seis soldados que estavam na barreira da rodovia se recusaram a sair dali. O capitão Parr precisou argumentar com eles, mas finalmente concordou que eles podiam ficar para vigiar a barreira feita com tonéis de óleo.

Eu gostaria de ter ficado naquele lugar, que era tão cheio de paz, mas eles precisavam de mim para dirigir o carro. Se eu soubesse que tudo ia dar numa confusão tão grande, nunca teria feito a eles esse favor. Não sou louco e não fiz nada errado. Meu advogado vai me tirar daqui. Isso é tudo que tenho a dizer.

Em Cuyapán, o temporal quente de todas as tardes tinha cessado por enquanto. Quando os dedos de Alan largaram o papel com aquele terrível depoimento do sargento Willard Mews, ele percebeu algumas anotações a lápis rabiscadas na margem, com a caligrafia retorcida de Barney. Apertou os olhos para decifrar.

A religião e a metafísica do homem são a voz de suas glândulas. Schönweiser, 1878

Quem diabo seria Schönweiser era algo que Alan não sabia, mas ele entendeu o que Barney sugeria. Essa religião assassina, essa charlatanice de Mc-Não-Sei-Das-Quantas era um sintoma, e não a causa. Barney acreditava que alguma coisa estava afetando fisicamente os homens de Peedsville, produzindo uma psicose, e um demagogo religioso local tinha aparecido para “explicar” os fatos.

Bem, talvez fosse mesmo. Mas, causa ou efeito, Alan conseguia pensar apenas numa coisa: eram mais de mil quilômetros entre Peedsville e Ann Arbor. Anne deve estar em segurança. *Tinha* de estar.

Alan se jogou no colchão cheio de protuberâncias e sua mente voltou a pensar no trabalho com entusiasmo. Depois de um milhão de picadas e de cortes nos talos de cana, ele estava certo de ter descoberto o elo mais fraco no ciclo de reprodução das moscas — o comportamento de acasalamento em massa dos machos e a comparativa escassez de fêmeas ovulando. Seria a chamada solução para as moscas da bicheira, mais uma vez, só que invertendo os sexos — concentrar o feromônio e liberar fêmeas esterilizadas. Por sorte, as populações reprodutoras estavam relativamente isoladas. Ao cabo de duas estações sucessivas, tudo estaria resolvido. Era preciso, nesse ínterim, deixar que as pessoas continuassem borrifando veneno por toda parte; uma pena, porque estava acabando com tudo e contaminando a água, e, de qualquer modo, as moscas já estavam desenvolvendo imunidade àquilo. Mas em dois anos, talvez três, a população de moscas iria estar reduzida até abaixo do limite de viabilidade reprodutiva. Seria o fim daqueles corpos humanos atormentados por larvas devoradoras instaladas nas fossas nasais ou no cérebro... Alan fechou os olhos e foi aos poucos mergulhando num cochilo manso, com um sorriso no rosto.

Lá no norte, Anne estava mordendo os lábios, cheia de vergonha e de dor.

Amor, eu não devia admitir isso, mas sua esposa anda um pouco assustada. Nervosismo de mulher, pode ser, nada que preocupe. Tudo está normal aqui. Está sinistramente normal, não sai nada nos jornais, nada em lugar algum a não ser nas coisas que eu escuto de Barney e de Lillian. Mas Pauline não atende o telefone em San Diego; há cinco dias que um homem desconhecido atende, grita comigo e desliga. Talvez ela tenha, por fim, vendido a casa, mas nesse caso por que não liga para mim?

Lillian entrou para um desses Comitês de Salvação das Mulheres, como se nós fôssemos uma espécie em extinção, ha ha ha! Você conhece Lillian. Parece que a Cruz Vermelha começou a instalar campos de refugiadas. Mas ela diz que, depois da primeira enxurrada de gente, só tem saído um filete do que ela chama "áreas afetadas". Não vêm muitas crianças também, mesmo garotinhos. E algumas fotos aéreas tiradas em torno de Lubbock mostram o que parecem ser valas comuns. Oh Alan... Até agora é algo que parece estar se espalhando na direção do Oeste, mas tem alguma coisa acontecendo em St. Louis, a cidade está incomunicável. Há muitos lugares que parecem ter simplesmente desaparecido do noticiário, e eu tive um pesadelo em que não havia nenhuma mulher viva lá. E ninguém faz nada! *Falaram em vaporizar tranquilizante por algum tempo e depois o assunto morreu. E ia adiantar o quê? Alguém nas Nações Unidas propôs realizar uma convenção sobre — você não vai acreditar —* feminicídio. *Parece o nome de um spray desodorante.*

Desculpe, amor, acho que estou parecendo uma histérica. George Searles voltou da Georgia falando da Vontade de Deus. Logo o Searles, que foi ateu a vida inteira. Alan, está acontecendo alguma coisa muito louca.

Mas não se tem fatos. Nada. O Ministro da Saúde emitiu um comunicado a respeito da Equipe Corta-Seio de Rahway... Acho que ainda não lhe falei a respeito. De qualquer modo, não acharam nenhuma patologia. Milton Baines escreveu uma carta dizendo que, no presente estágio da ciência, não somos capazes de distinguir entre o cérebro de um cientista e o cérebro de um assassino psicopata, então como eles esperam encontrar alguma coisa se eles mesmos não sabem o que estão procurando?

Bem, esqueça esses chiliques. Tudo isso vai passar quando você estiver de volta, tudo vai ser história. Tudo aqui está bem. Consertei de novo o amortecedor do carro. Amy está vindo passar as férias em casa, e isso *deve bastar para tirar da minha cabeça os problemas alheios.*

Ah, uma nota engraçada só para concluir. Angie me contou o que a enzima de Barney causa à mariposa dos abetos. Parece que ela impede o macho de girar o corpo quando ele entra em contato físico com a fêmea, de modo que ele copula com a cabeça *dela. Como se fosse uma roda dentada com um dente faltando. Ah, vai ter muita mariposa perplexa voando por aí... Ora, e por que Barney não queria me contar isso? Ele é um velho tímido, isso que ele é, e tão querido. Ah, ele me deu algum material para pôr no envelope, nem olhei o que é.*

Não se preocupe, amorzinho, está tudo bem aqui.

Amo muito, de montão. Sua, todinha sua,

Anne

Duas semanas depois, em Cuyapán, quando os recortes de Barney deslizaram para fora do envelope, Alan também não olhou o que era. Enfiou tudo no bolso do casaco com a mão trêmula e começou a reunir suas anotações em cima da mesa bamba, colocando em cima de tudo um bilhete rabiscado às pressas para a Irmã Dominique. *Anne, Anne, meu amor.* Para o inferno com as moscas e os parasitas, para o inferno com tudo, exceto aquela caligrafia trêmula na carta da sua garota que não tinha medo de nada. Para o inferno com essa história de estar a oito mil quilômetros longe de sua mulher, de sua filha, enquanto o mundo era invadido por loucos furiosos. Enfiou as poucas roupas de qualquer jeito dentro da valise. Se conseguir se apressar, dá para pegar o ônibus para Bogotá e de lá um voo para Miami.

Em Miami, descobriu que os voos para o norte estavam todos atrasados. Perdeu por um triz uma vaga na lista de espera; a próxima chance ia demorar seis horas — tempo suficiente para ligar para Anne. Quando conseguiu completar a chamada, depois de uma porção de contratempos, não estava preparado para aquele jorro de alívio e alegria que recebeu pelo fio.

— Graças a Deus... Ai, eu não acredito... Oh Alan, querido, vocês está mesmo... Não acredito, não acredito...

Ele percebeu que estava se repetindo também, e tentando falar sobre os dados da pesquisa com as moscas. Estavam ambos gargalhando histericamente quando ele, enfim, se despediu e desligou.

Seis horas. Sentou-se numa cadeira de plástico corroído de frente para o balcão das Aerolíneas Argentinas. Metade da mente estava na clínica, metade na multidão que circulava à sua volta. Aos poucos começou a perceber uma diferença, uma estranheza. Onde estava aquela fauna ornamental que ele geralmente admirava tanto ali em Miami, aquele desfile de garotas jovens com *jeans* de cores pastéis colados na virilha? E os babados, as botinhas, os chapéus e os penteados espalhafatosos? E aquelas vastas superfícies de pele bronzeada, os tecidos brilhantes mal conseguindo reter a tensão de seios e de bundas? Não se via nada daquilo em torno; não, espere um pouco, olhando bem era possível ver dois rostos jovens escondidos no meio de capuzes incongruentes, os corpos por dentro das dobras de saias neutras. E, de fato, ao longo de todo aquele amplo espaço era possível ver imagens semelhantes: ponchos com capuz por cima de roupas e calças folgadonas, cores sem brilho. Um novo estilo? *Não*, pensou ele, *não é isso*. Pareceu-lhe que os movimentos delas sugeriam timidez, uma atitude furtiva. Deslocavam-se em grupo. Alan observou uma garota sozinha apressar o passo para ficar próxima a outras que iam mais adiante, mas sem parecer que as conhecia. Elas a aceitaram em silêncio.

Estão amedrontadas, pensou. *Com medo de chamar a atenção*. Até aquela matrona de cabelos brancos em traje esportivo liderando um grupo de crianças olhava em redor com nervosismo.

No guichê das Aerolíneas, ele percebeu outra coisa estranha: duas filas com cartazes anunciando: *Mujeres*. Estavam cheias daquelas figuras com as formas escondidas, e todas muito quietas.

Os homens pareciam comportar-se normalmente: andando depressa, relaxando, abraçando-se e soltando piadas nas filas, empurrando as bolsas com o pé quando a fila avançava. Mas Alan sentia ali uma corrente oculta de tensão, como algum *spray* irritante espalhado no ar. Diante da fileira de lojinhas bem atrás dele, alguns homens isolados pareciam estar distribuindo panfletos. Um funcionário do aeroporto falou com o homem mais próximo, o qual encolheu os ombros e apenas afastou-se alguns metros, sem se incomodar.

Para se distrair, Alan pegou um exemplar do *Miami Herald* que alguém havia largado na cadeira ao lado. O jornal lhe pareceu estranho, com poucas páginas. As notícias internacionais distraíram-no por algum tempo; ele não lia nada daquilo há semanas. A guerra que vinha ocorrendo na África parecia ter se encerrado ou sumira do noticiário. Um encontro de cúpula estava debatendo preços de grãos e de aço. Ele se viu consultando o obituário, colunas de texto cerrado dominadas pela foto de um ex-senador desconhecido, morto recentemente. Então seus olhos deram com dois anúncios no rodapé da página. Um deles usava um linguajar enfeitado demais para ser entendido facilmente, mas o outro dizia sem rodeios, em letras sólidas em negrito:

A FUNERÁRIA FORSETTE
LAMENTA ANUNCIAR
QUE NÃO ACEITARÁ
CADÁVERES FEMININOS

Alan dobrou o jornal lentamente, fitando-o sem ler. Mas na página traseira avistou um artigo com o título *Aviso aos navegantes*, em meio ao noticiário marítimo. A princípio, sem entender por completo, ele leu:

AP/Nassau: *O navio de cruzeiro* Carib Swallow *chegou hoje ao porto rebocado após sofrer uma colisão com um obstáculo na corrente do Golfo, nas proximidades do Cabo Hatteras. O obstáculo foi identificado como parte da rede de arrasto de uma traineira comercial, coalhada de corpos femininos. A informação confirma relatos da Flórida e do Golfo a respeito do uso dessas redes, algumas delas com mais de um quilômetro e meio de largura. Relatos semelhantes vindos da costa do Pacífico e até mesmo do Japão indicam perigo crescente para a navegação ao longo da costa.*

Alan jogou o jornal na lixeira e ficou sentado, esfregando a testa e os olhos. Felizmente, tinha obedecido àquele impulso e partido de volta para casa. Sentia-se totalmente desorientado, como se tivesse desembarcado em outro planeta por engano. Ainda quatro horas e meia de espera... Depois de algum tempo, ele se lembrou do material enviado por Barney e que ele tinha guardado às pressas no bolso. Tirou os recortes, alisou cada um e começou a ler.

O primeiro deles, contudo, parecia ter sido colocado ali por Anne, ou pelo menos tratava-se de uma matéria do *Ann Arbor News*. A dra. Lillian Dash, mais algumas centenas de membros de sua organização, tinha sido presa por liderar uma manifestação não autorizada diante da Casa Branca. A multidão ateara fogo a uma lata de lixo, o que foi considerado especialmente hediondo. Um bom número de organizações femininas participara da manifestação e o total pareceu a Alan ser da ordem dos milhares de pessoas, mais do que de centenas. Tinham sido tomadas medidas de segurança extraordinárias, a despeito do fato de o presidente estar fora da cidade naquele momento.

O próximo recorte tinha que ser de Barney, se Alan era capaz de reconhecer o humor ácido do amigo mais velho.

> UP/Cidade do Vaticano, 19 de junho. *O papa João IV anunciou hoje que não pretende fazer nenhum pronunciamento oficial a respeito dos chamados Cultos Paulinos de Purificação que defendem a eliminação das mulheres como uma maneira de justificar a existência do homem diante de Deus. Um porta-voz enfatizou o fato de que a Igreja não tem uma posição oficial sobre o assunto, mas repudia qualquer doutrina que envolva um "desafio" posto a Deus, ou posto por ele, para que revele seus planos para com a humanidade.*
> *O cardeal Fazzoli, porta-voz do movimento paulino europeu, reafirmou sua visão de que as Escrituras definem a mulher como uma companheira provisória e um instrumento do Homem. As mulheres, declarou ele, não são em nenhuma parte definidas como humanas, mas como um expediente ou um estado apenas transitório. "O tempo da transição completa rumo à humanidade plena está chegando", concluiu ele.*

O item seguinte parecia ser uma cópia de um artigo recente da revista *Science*.

RESUMO DO RELATÓRIO DO COMITÊ *AD HOC* DE EMERGÊNCIA SOBRE FEMINICÍDIO

As recentes explosões de feminicídio, em surtos localizados, mas dispersos ao longo de todo o planeta, parecem representar o retorno de grupos ou seitas já surgidos ao longo da História mundial em tempos de estresse psicológico intenso. No presente caso, a motivação mais profunda é sem dúvida a velocidade das mudanças tecnológicas e sociais, aumentada por pressão populacional, mudanças cuja extensão e alcance são agravadas pelo caráter instantâneo das telecomunicações em todo o mundo, o que acaba expondo um número maior de indivíduos mais suscetíveis. O caso não é visto como um problema de natureza médica ou epidemiológica; nenhuma patologia de ordem física foi constatada. Na verdade, o fenômeno se assemelha mais às várias manias que assolaram a Europa no século XVII*, como a "Peste da Dança" e, tal como elas, deverá esgotar-se espontaneamente e desaparecer. Os cultos quiliastas que têm brotado em torno das áreas afetadas parecem não ter relação com o fenômeno, tendo em comum com ele apenas a ideia de que será revelado à humanidade um novo meio* *de reprodução humana, como consequência da eliminação "purificadora" das mulheres.*

Recomendam-se que: 1) sejam suspensas todas as reportagens sensacionalistas e provocadoras; 2) centro de refugiadas sejam instalados e mantidos para aquelas que conseguirem escapar das áreas focais; 3) os cordões militares de isolamento das áreas afetadas sejam mantidos e reforçados; 4) após o período de arrefecimento espontâneo e desaparecimento, a maioria das equipes qualificadas na área da saúde mental, acompanhadas por pessoal técnico devidamente qualificado, dê início ao processo de recuperação.

RESUMO DO RELATÓRIO DA MINORIA DO COMITÊ AD HOC *DE EMERGÊNCIA*

Os nove membros que assinam este relatório concordam que não há provas de contágio epidemiológico do feminicídio em seu senso estrito. No entanto, *a relação geográfica entre as áreas focais dos surtos sugere, de maneira muito clara, que eles não podem ser descartados como fenômenos puramente psicossociais. Os surtos iniciais ocorreram em volta do globo nas imediações do paralelo 30, a principal área de correntes de ar descendentes das camadas superiores da atmosfera, com origem na zona de convergência intertropical. Qualquer*

agente ou qualquer condição anômala na atmosfera superior equatorial deveria, portanto, chegar ao nível do solo em torno do paralelo 30, com ocasionais variações sazonais. Uma variação importante é que o fluxo descendente se desloca para o norte sobre a Ásia Oriental durante os últimos meses do inverno, e as áreas ao sul dessa região (Península Arábica, Índia Ocidental, partes do norte da África) estiveram de fato livres de surtos até recentemente, quando a zona de ventos descendentes se deslocou para o sul. Uma corrente descendente similar ocorre no Hemisfério Sul, e surtos têm sido relatados ao longo do paralelo 30, desde Pretória até Alice Springs (Austrália). (Não há informações disponíveis sobre a Argentina no momento.)
Essa correlação geográfica não pode ser descartada, e é urgente a instalação de uma pesquisa intensa por uma causa de ordem física. Também é urgentemente recomendado que se procure fazer uma correlação entre a taxa de propagação com base nos pontos focais conhecidos e as condições do vento. Também deve ser mantida vigilância quanto ao surgimento de surtos semelhantes ao longo da zona descendente secundária a 60° norte e sul.

(assina, pela minoria:)
Barnhard Braithwaite

Alan sorriu ao ler o nome do velho amigo; era algo que parecia restaurar um pouco da normalidade e da estabilidade do mundo real. Dava a impressão de que Barney tinha colocado o dedo no problema, sim, apesar de ainda estar prevalecendo a opinião das cavalgaduras oficiais. Ele franziu a testa, examinando as possibilidades.

Então seu rosto mudou aos poucos de expressão quando ele começou a pensar como seria sua chegada em casa, onde Anne o esperava. Dali a poucas horas estaria com os braços em volta dela, em volta daquele corpo alto, de uma beleza secreta que o deixava obcecado. O amor deles tinha demorado a brotar. Tinham se casado, ele imaginava agora, mais por amizade e por pressão dos amigos. Todos diziam que eles foram feitos um para o outro, ele grandão, atarracado e louro, ela uma morena esguia; e ambos do tipo tímido, ambos altamente controlados, cerebrais. Durante os primeiros anos a amizade os manteve unidos, e o sexo não tinha sido tão importante assim — uma necessidade, uma convenção. Ambos educadamente incentivando um ao outro, mas quando a sós (ele tinha consciência disso agora), achando tudo um grande desapontamento.

Mas, quando Amy já era uma garotinha tropeçando em seus primeiros passos, alguma coisa aconteceu. Um milagroso portal de sensualidade íntima pareceu se abrir aos poucos para eles, uma liberação para uma espécie de paraíso secreto, insuspeitado, cheio de êxtase físico... Meu Deus, e que ducha de água fria tremenda quando aquele trabalho na Colômbia apareceu... Somente a certeza do que eles sentiam a respeito um do outro fez com que ele acabasse aceitando. E agora, estava a ponto de tê-la consigo novamente, três vezes mais desejável pelo tempero da separação, para poder sentir, ver, ouvir, cheirar, agarrar. Ele mudou de posição no assento para disfarçar a excitação, ainda meio mesmerizado pelas próprias fantasias.

Amy estaria lá também; ele sorriu à lembrança do seu corpinho pré-adolescente, agarrado ao seu. Ela ia ficar uma bela moça, isso sem nenhuma dúvida. Seu instinto de homem entendia Amy melhor do que a mãe era capaz de entendê-la; com Amy não havia essa história de ter uma fase puramente cerebral. Mas Anne, sua companheira tão rara, tão tímida, com quem ele tinha descoberto caminhos para prazeres sensuais indizíveis... Primeiro seriam os cumprimentos habituais, pensou ele; as notícias, a excitação que ele veria crescer silenciosa e que iria saborear nos olhos dela; os toques suaves; depois a ida para o quarto, as roupas caindo ao chão, as carícias — tão delicadas a princípio —, a carne, a nudez, as provocações suaves, a pegada firme, a primeira estocada...

Um terrível sino de alarme pareceu soar em sua mente. Bruscamente expulso do seu devaneio, Alan relanceou os olhos em volta e finalmente os abaixou até as mãos. *O que ele estava fazendo ali, empunhando o canivete aberto?*

Atônito, catou na mente os últimos farrapos de sua fantasia e percebeu que as imagens táteis não tinham sido de carícias, mas de um pescoço frágil estrangulado por seus dedos, e que a estocada tinha sido a da sua lâmina em busca de um órgão vital. Em seus braços e suas pernas, sensações fantasmas de pancadas e de ossos estalando. E Amy...

Oh meu Deus! Oh meu Deus...

Aquilo não era sexo, era sede de sangue.

Era nisso que ele estivera devaneando. O sexo estava lá, mas servia apenas para movimentar um mecanismo mortal.

Embrutecido, guardou o canivete. Pensava apenas uma coisa, *me pegou, isso me pegou também. Eu também estou. Seja lá o que for, está em mim agora. Eu não posso ir para casa assim.*

Depois de um tempo que não conseguiu calcular, levantou-se e foi na direção do balcão da United para apresentar seu bilhete. A fila era longa. Enquanto esperava, sua mente clareava-se aos poucos. O que seria capaz de fazer dali, de Miami? Não era melhor ir mesmo para Ann Arbor e entregar-se aos cuidados de Barney? Barney ia ajudá-lo, se é que alguém poderia. Sim, era o melhor a fazer. Mas primeiro ele tinha que avisar Anne.

Dessa vez levou ainda mais tempo para completar a ligação. Quando finalmente Anne atendeu, Alan se viu balbuciando de forma ininteligível, e foi preciso algum tempo para ela entender que ele não estava com um problema de atraso no voo.

— Estou lhe dizendo, eu contraí essa coisa. Escute, Anne, pelo amor de Deus. Se eu chegar em casa, não deixe que eu me aproxime. Falo sério. Vou direto para o laboratório, mas talvez eu perca o controle e queira atacá-la. Barney está por aí?

— Sim, amor, mas...

— Preste atenção. Talvez ele possa me dar algo para tomar, talvez o efeito disso vá passando. Mas eu não mereço confiança. Anne, posso matar você, entende isso? Arranje... arranje uma arma. Vou tentar não ir direto para a casa. Mas se for, não deixe que eu chegue perto de você. Ou de Amy. É uma doença, é uma coisa real. Quero que me trate como se eu fosse... como se eu fosse um animal furioso. Anne, diga que entende, diga que vai fazer assim.

Estavam ambos chorando quando Alan desligou.

Trêmulo, ele voltou para a cadeira. Depois de algum tempo sua cabeça pareceu ficar um pouco mais clara. *Doutor, tente pensar no problema*. O primeiro pensamento que teve foi o de pegar o maldito canivete e jogar na lixeira. Quando o fez, percebeu que ainda trazia no bolso uma parte do material de Barney. Desamassou um recorte; parecia ser algo tirado da revista *Nature*.

No topo do recorte Barney tinha rabiscado: "O único cara que diz coisa com coisa. Reino Unido infectado agora; Oslo e Copenhague incomunicáveis. Imbecis não escutam a gente. Fique firme".

COMUNICAÇÃO DO PROFESSOR IAN MACINTYRE, UNIVERSIDADE DE GLASGOW

Uma potencial dificuldade para nossa espécie tem estado sempre implícita na relação muito próxima entre a expressão comportamental dos impulsos agressivos e predadores, de um lado, e os impulsos reprodutivos do macho, de outro. Essa relação próxima envolve: (a) muitos dos mesmos trajetos neuromusculares que são utilizados tanto na atividade predatória quanto na sexual, nos gestos de perseguir, montar, subjugar etc.; e (b) estados semelhantes de excitação adrenérgica que são estimulados em ambas as atividades. Relação idêntica pode ser observada nos machos de outras espécies; em algumas, a expressão da agressão e da cópula se alterna ou mesmo coexiste, sendo o exemplo mais comum o do nosso gato doméstico. Machos de muitas espécies costumam morder, arranhar, ferir, machucar ou, de maneiras diversas, atacar as fêmeas receptivas durante o intercurso; e, de fato, em algumas espécies, o ataque do macho é necessário para que a ovulação da fêmea possa ocorrer.

Em muitas espécies, se não todas, é o comportamento agressivo que brota em primeiro lugar, e depois se transforma em comportamento copulatório, quando se captam os sinais apropriados de resposta (p. ex., o peixe esgana-gato Gasterosteus aculeatus *ou o pintarroxo europeu* Linaria *cannabina). Na ausência do sinal convencional, o impulso predador inicial do macho deixa de ser cancelado e a fêmea é atacada ou forçada a fugir.*

Parece apropriado, portanto, especular que a presente crise possa ser causada por alguma substância, talvez no plano viral ou enzimático, capaz de provocar uma falha na função de troca ou de gatilho nos primatas superiores. (Nota: foi registrado recentemente que gorilas e chimpanzés de zoológico têm atacado suas fêmeas; os macacos rhesus, não.) Tal disfunção pode ser descrita como a incapacidade do comportamento reprodutivo de se sobrepor ou de modificar a resposta agressivo-predatória; ou seja, o estímulo sexual poderá produzir apenas a reação de ataque, o qual terá como consequência apenas a destruição do objeto que forneceu o estímulo.

Nessa conexão, deve-se notar que essa condição é um verdadeiro lugar-comum da patologia funcional masculina, naqueles casos em que o assassinato ocorre como uma resposta ao (e uma aparente concretização do) desejo sexual.

É preciso enfatizar que a relação agressividade/cópula aqui discutida é específica do macho; a resposta feminina (p. ex., o reflexo lordótico) é de natureza bem diferente.

Alan continuou sentado por algum tempo segurando o recorte amarrotado; aquelas frases secas e duras com sotaque escocês pareciam clarear um pouco sua mente, a despeito da sensação de uma tensão crescente à sua volta. Muito bem; se a poluição ou fosse lá o que fosse tivesse criado alguma substância, então era possível combater aquilo; filtrar, neutralizar. Com enorme cuidado, ele começou a imaginar sua vida com Anne, sua sexualidade. Sim, muito de seu embate sexual podia ser visto como uma selvageria genital, amenizada pelo erotismo. Jogo de caça e caçador... Ele afastou a mente depressa. A frase de algum escritor veio à sua lembrança: "O elemento de pânico que existe em todo o sexo". De quem era? Fritz Leiber? A violação do distanciamento social, talvez; outro elemento de ameaça. *Seja lá o que for, é o nosso elo mais fraco da cadeia*, pensou ele. Nossa vulnerabilidade... Aquele horrível sentimento de *adequação* que experimentou quando estava de canivete em punho, fantasiando violências, voltou à sua mente. Como se aquilo fosse o jeito certo, o único jeito. Seria isso o que sentiam as mariposas machos de Barney, quando tentavam copular com a cabeça de suas fêmeas?

Depois de algum tempo, as necessidades do corpo falaram mais alto e ele procurou um toalete. O lugar estava vazio, exceto pelo que ele imaginou ser uma pilha de roupas amontoadas na porta do último reservado. Então ele viu a poça rubro-marrom que se espalhava por baixo, e trechos azulados de nádegas magras expostas. Recuou, prendendo a respiração, e misturou-se à multidão mais próxima, sabendo que não era o primeiro a reagir daquela forma.

É claro. Qualquer impulso sexual. Rapazinhos, homens, todo mundo.

Chegando a outro toalete, ele observou por algum tempo os homens entrando e saindo normalmente, antes de se aventurar.

Depois, sentou-se novamente, esperando, repetindo sem parar para si mesmo: *vá* direto para o laboratório. Não vá para casa. Direto *para o laboratório.* Três horas de espera ainda: ele ficou sentado ali, a 26° N, 81° W, respirando, respirando...

Querido diário, acontecerá uma grande cena hoje à noite, papai voltou para a casa! Só que ele agia tão engraçado, mandou o táxi esperar e ficou falando da porta, não me tocou nem deixou que eu chegasse perto dele. (Engraçado estranho, não é engraçado ha ha ha.) Ele falou: "tenho uma coisa para dizer a vocês, isso está ficando cada vez pior. Vou dormir no laboratório, mas quero que você saia, Anne. Não posso mais confiar em mim mesmo. A primeira coisa a fazer amanhã cedo é vocês duas pegarem um voo para a casa de Martha e ficarem por lá. Então eu pensei que ele estava brincando. Quer dizer, temos o baile na semana que vem e tia Martha mora em

Whitehorse, que fica bem no meio do nada, nada, nada. Nesse momento eu comecei a gritar e mamãe começou a gritar e papai estava só gemendo. "Vão embora!". E ele começou a chorar. Chorar!!! Foi quando eu percebi, uau, isso é muito sério, e fui me aproximando dele, mas mamãe me puxou para trás e só então eu vi que ela estava segurando uma FACA ENORME! *E ela me puxou para trás de si e começou a chorar também. "Oh Alan, Oh Alan", como se tivesse ficado maluca. Então eu disse: "papai, nunca vou abandonar você", parecia a melhor coisa para dizer naquele momento. Foi emocionante. Ele me olhou tão, mas tão triste, profundo, como se eu fosse uma pessoa adulta, enquanto mamãe estava me tratando como uma criança que é o que ela faz sempre. Mas mamãe estragou tudo dizendo: "Alan, esta criança está louca, querida, saia daqui". Então ele afastou-se da porta, gritando: "Vão embora, levem o carro, vão embora daqui antes que eu volte".*

Ah! Esqueci de dizer que eu não estava usando nada além do vestidinho verde e bobes no cabelo. Já pensou que horrível falta de sorte? Como é que eu podia adivinhar que ia acontecer uma cena tão linda? Mas a gente sabe como a vida é cruel. E mamãe estava arrastando malas e gritando: "Arrume suas coisas JÁ!" De modo que ela vai, eu acho, mas eu não vou, repito, não vou passar o outono inteiro sentada no celeiro de grãos de tia Martha e perder o baile e todos os meus créditos para este verão. E papai estava tentando se comunicar com a gente, certo? Acho a relação dos dois tão obsoleta. Então, quando ela subir para os quartos, eu vou para outro lado, vou direto para o laboratório ver papai.

P.S. Diane rasgou meus jeans amarelos e prometeu que eu posso usar os dela, rosa, ha ha ha, é hoje!

Arranquei a página do diário de Amy quando ouvi o carro da polícia parando do lado de fora. Nunca olhei o diário dela antes, mas quando percebi que Amy tinha sumido, precisei checar... Oh, minha pobre garota. Foi encontrar com ele, minha pequena, minha pobre criança. Talvez se eu tivesse parado um pouco para lhe explicar, talvez...

Desculpe, Barney. O efeito do remédio está passando, as injeções que me deram. Não estou sentindo nada. Quero dizer, eu sei que a filha de alguém foi procurar o pai dela, e ele a matou. E cortou-lhe a garganta. Mas isso não significa nada.

O bilhete de Alan, eles me entregaram, mas depois levaram de volta. Por que fizeram isso? Foram as últimas palavras escritas pela mão dele, as últimas antes de a mão dele pegar a, antes que... Eu me lembro:

De repente e com leveza, os laços cederam. E descobrimos o nosso fim já à beira do túmulo.

Os laços de nossa humanidade cederam e estamos acabados. Eu amo…

Eu estou bem, Barney, juro que estou. Quem escreveu isso? Robert Frost? Os laços cederam… *Oh, sim, ele disse, diga a Barney:* A terrível certeza do bem. *O que significa isso?*

Sei que não pode me responder, Barney querido. Só estou escrevendo estas linhas para não perder o juízo, e vou deixá-las no seu esconderijo. Obrigada, obrigada, Barney querido. Mesmo grogue como eu estava, eu sabia que era você. Todo aquele tempo em que você cortou meus cabelos e esfregou lama em meu rosto, eu sabia que estava tudo bem, porque era você. Barney, eu nunca pensei em você do modo que aquelas suas palavras horríveis estavam dizendo. Sempre pensei em você como o meu querido Barney.

Quando o efeito passou, eu tinha feito tudo que você mandou; a gasolina, as compras. Agora estou na sua cabana, com as roupas que você me obrigou a vestir, e acho que estou parecendo um rapaz, pois o homem do posto me chamou "senhor".

Ainda não entendi tudo direito, e tenho que ficar me contendo para não correr de volta. Mas você salvou minha vida, isso eu sei. Na minha primeira saída consegui comprar um jornal, e vi quando eles bombardearam o refúgio na Ilha dos Apóstolos. E falava também das três mulheres que roubaram o avião da Força Aérea para bombardear Dal-

las. Claro que elas foram abatidas, sobrevoando o Golfo. Não é estranho como não fazemos nada a respeito? Somos mortas, de uma em uma, de duas em duas. Ou mais, agora que começaram a matar as refugiadas... Como coelhos hipnotizados. Somos uma raça sem dentes.

Sabia que eu nunca disse "nós" antes com relação às mulheres? "Nós" éramos sempre eu e Alan, e Amy, claro. O fato de nos matarem seletivamente aumenta nossa identificação grupal... Veja só como minha mente está perfeitamente sã.

Mas, na verdade... Eu ainda não entendo de verdade.

Minha primeira saída daqui foi para trazer sal e querosene. Fui até aquela lojinha da Red Deer, peguei minhas coisas daquele velho que fica lá nos fundos, como você disse — olhe só, lembro de tudo! Ele me chamou de "rapaz", mas eu acho que ele talvez suspeite de alguma coisa. Ele sabe que eu estou ficando na sua cabana.

Em todo caso, alguns homens e rapazes entraram e ficaram na parte da frente. Estavam todos tão "normais", rindo e fazendo brincadeiras. Juro que não acredito, Barney. Na verdade, fui saindo, e quando passei perto deles, ouvi um dizendo: "Heinz avistou um anjo". Um "anjo". Parei e fiquei escutando. Eles disseram que o anjo era grande e que cintilava. "Está vindo para ver se o homem está mesmo executando a vontade de Deus", disse um deles. E falou: "Moosonee agora é uma zona liberada, em toda a extensão até a Baía de Hudson". Dei meia-volta e saí pela porta dos fundos, depressa. O velho ouviu também o que eles falavam e me disse em voz baixa: "Vou sentir falta das crianças".

A Baía de Hudson, Barney, isso quer dizer que agora está vindo também do norte, não é? Isso deve ficar por volta dos 60º. Mas eu vou ter que ir lá de novo, porque estou precisando de anzóis de pesca. Não posso me alimentar somente de pão. Semana passada encontrei um cervo que algum caçador clandestino tinha abatido, somente a cabeça e as pernas. Fiz um guisado. Era uma corça, na verdade. Os olhos dela... Imagino se os meus agora estão com a mesma expressão.

Fui buscar os anzóis hoje. Foi muito ruim, não vou mais poder voltar ali. Havia alguns homens de novo na parte da frente, mas eram diferentes. Cruéis, tensos. Nenhum rapazinho. E havia uma placa diferente diante da loja, que não consegui ler. Talvez seja mais uma informando "Zona Liberada".

O velho me deu os anzóis com alguma pressa e sussurrou: "Rapaz, essa mata vai estar cheia de caçadores semana que vem". Saí dali quase correndo.

Quase dois quilômetros adiante, uma picape azul começou a me perseguir na estrada. Acho que era alguém de fora. Entrei com o fusca atrás de um depósito de madeira e ele passou direto. Depois de esperar muito tempo, saí dirigindo e voltei, mas deixei o fusca a uns dois quilômetros da cabana e fiz o restante a pé. É incrível a quantidade de mato que a gente precisa arrancar para esconder um fusca amarelo.

Barney, não vou poder continuar aqui. Estou comendo peixe cru para que ninguém veja fumaça nesta direção, mas esses caçadores vão acabar aparecendo. Vou levar meu saco de dormir para o pântano, perto daquele lajedo grande, não acho que muita gente vá naquela direção.

Desde que escrevi essas últimas linhas, já saí da cabana. Sinto-me mais segura. Oh Barney, como uma coisa como essa pôde acontecer?

E tão depressa? Seis meses atrás eu era a dra. Anne Alstein. Agora sou uma viúva e mãe enlutada, suja, faminta, de cócoras à beira de um pântano, presa de um medo mortal. Vai ser engraçado se eu for a última mulher viva na Terra. Pelo menos a última nesta região. Talvez algumas tenham se escondido no Himalaia ou no meio das ruínas de Nova York. Como vamos sobreviver?

Não vamos.

E eu não vou conseguir sobreviver a um inverno aqui, Barney. A temperatura chega a zero graus. Eu teria que acender uma fogueira e eles veriam a fumaça. Mesmo que eu fosse descendo devagar rumo ao sul, daqui a uns trezentos quilômetros a floresta acaba. Eu ficaria exposta, um alvo fácil. Não. Não dá. Talvez alguém esteja tentando alguma coisa, em algum lugar, mas não vou poder chegar lá a tempo... E, afinal, qual é o meu objetivo em ficar viva?

Não, vou preparar um bom final, talvez naquele lajedo onde posso ver as estrelas. Depois que eu voltar à cabana e lhe deixar este recado. Vou esperar para ver pela última vez as árvores ganharem aquela cor tão linda.

Já sei o que vou rabiscar para ser meu epitáfio.

AQUI JAZ O SEGUNDO PRIMATA
MAIS FEROZ DA TERRA

Adeus, Barney querido, queridíssimo.

Acho que ninguém jamais vai ler estas linhas, a menos que eu reúna a energia e a coragem de ir deixá-las na cabana de Barney. Provavelmente não vou poder. Vou deixar num saco plástico dos que tenho aqui; provavelmente Barney virá até aqui, e vai encontrá-las. Estou agora no cimo do lajedo. A lua vai nascer daqui a pouco, e vou aproveitar e encerrar tudo. Mosquitos, tenham paciência, depois vocês vão fazer a festa.

A coisa que preciso escrever agora é que eu também vi um anjo. Hoje de manhã. Era grande e cintilante, como aquele homem disse; parecia uma árvore de Natal sem a árvore. Mas eu soube que era real porque as rãs pararam imediatamente de coaxar e dois gaios soltaram pios de alarme. Isto é importante: aquilo estava mesmo ali.

Fiquei olhando, sentada sob o abrigo da rocha. A coisa não se movia muito. Parecia estar se curvando e recolhendo algo, alguma coisa como folhas ou ramos partidos, não deu para ver direito. Depois, fez algo com eles na sua parte do meio, como se estivesse guardando num bolso invisível.

Repito — estava ali. Barney, se você chegar a ler estes papéis, EXISTEM CRIATURAS AQUI. *E eu acho que foram elas que nos fizeram isso tudo; que fizeram com que matássemos uns aos outros.*

Por quê? Bem, isso aqui é um lugar agradável, se não fosse pela presença das pessoas. Como fazer para se livrarem delas? Bombas, raios mortíferos... tudo muito primitivo. Deixa uma destruição danada. Arrasa com tudo, deixa crateras, radioatividade, estraga o local todo.

Desse modo, entretanto, não deixa rastro nem deixa resto. Exatamente o mesmo que fazemos com a mosca de bicheira. Atacar o elo fraco da cadeia e esperar um pouco enquanto fazemos o serviço sujo de que eles precisam. Tudo que fica são os ossos espalhados em volta; um bom fertilizante.

Barney querido, adeus. Eu vi a criatura. Ela estava lá.

Mas não era um anjo.

Acho que o que eu vi foi um corretor imobiliário.

Editora Carla Cardoso
Capa Paula Cruz

Dados Internacionais de Catalogação na Publicação (CIP)
(Câmara Brasileira do Livro, SP, Brasil)

Sheldon, Alice Bradley, 1915-1987

Mulheres que os homens não veem | Alice Bradley Sheldon | James Tiptree Jr. — Rio de Janeiro, RJ : Ímã editorial : Coleção Meia Azul : 208 p, 2023

ISBN 978-65-86419-32-0

1. Ficção científica norte-americana. I. Título. II Tiptree Jr., James

22-162940 CDD 813.0876

Índices para catálogo sistemático:
1. Ficção científica : literatura norte-americana 813.0876
Aline Graziele Benitez- Bibliotecária - CRB-1/3129

ímã

Ímã Editorial | Editora Meia Azul
www.imaeditorial.com.br